북한 작가들의 철도 이야기 소설집

원산에서 철원까지

북한 작가들의 철도 이야기 소설집
원산에서 철원까지

초판 1쇄 인쇄 2020년 04월 10일
초판 1쇄 발행 2020년 04월 16일

지은이 | 장해성 이지명 도명학 김수진 김정애 설송아
펴낸이 | 서울대학교 통일평화연구원

펴낸곳 | 예옥
등록 | 2005년 12월 20일 제2005-64호

편집 | 난류
디자인 | 봄길

주소 | 서울시 서대문구 신촌로 1 쓰리알 유시티 606호
전화 | 02)325-4805
팩스 | 02)325-4806
이메일 | yeokpub@hanmail.net

ISBN 978-89-93241-68-6 03810

2019년도 서울대학교 통일평화연구원의 재원으로 통일기반구축사업의 지원을 받아 수행된 결과물임.

This research was part of the project "Laying the Groundwork for Unification" funded by the Institute for Peace and Unification Studies (IPUS) at Seoul National University.

* 값은 뒤표지(커버)에 있습니다.
* 잘못된 책은 교환해 드립니다.

북한 작가들의 철도 이야기 소설집

장해성 | 김택광 소전
이지명 | 침목
도명학 | 추가령 높은 고개
김수진 | 열차에서 만난 도둑
김정애 | 철원에서 생긴 일
설송아 | 인생 열차표는 비싸지 않았다
| 발문 | **방민호**

예옥

| 차례 |

김택광 소전

장해성

1945년 중국 길림성 화룡현에서 태어났다. 1962년 북한으로 넘어가 1964년부터 8년 간 정부 호위총국에서 군복무를 했다. 1972년 김일성종합대학 철학과에 입학했고, 졸업 후 1976년부터 1996년까지 조선중앙방송의 기자로 10년, 드라마 작가로 10년을 일했다. 1996년 5월, 한국에 입국해 국가안보통일정책연구소 연구위원, 국제PEN망명북한펜센터 이사장을 역임했다. 장편소설로 『두만강』 『비운의 남자 장성택』이 있다. 북한 인권을 말하는 남북한 작가 공동 소설집 『단군릉 이야기』에 참여했다.

북한 조선중앙방송 경제국 기자 박상순이 평양역에서 평강행 열차에 오른 것은 밤 열두 시 넘어서였다. 강원도 평강 무슨 닭 목장 취재를 위해 떠난 것이다.

어쩌다 열차가 정시에 떠난다 해서 마음 놓았는데 신성천, 장림, 양덕을 지나 거차 고개를 올라가면서부터 엉금엉금 기기 시작했다. 그러다 함흥, 청진 쪽과 원산 평강 쪽으로 갈라지는 고원역에 와서는 아예 멎어버리고 말았다.

어디선가 김정일이 탄 1호 열차가 통과한다고 해서였다. 물론 이제는 당연한 일로 여겨지고 있지만 어이없는 일이다. 수령도 인민의 아들이라고 하면서 그 한 사람 때문에 숱한 열차를 세워놓는단 말인가. 그러다 그 사람 탄 열차 움직임이 끝나야 다른 열차도 출발시킨다는 것이다. 말도 되지 않는다. 하지만 어쩔 수 없다.

그러다 보니 아침 7시에 원산에 도착하여야 할 열차가 오후 2시도 넘어서야 도착했다. 거기서도 평강까지는 또 한참이다.

그런대로 원산이 북한 강원도 소재지다 보니 많은 사람들이 쏟아져 내렸다. 그래서 이제 더는 화장실까지 꽉 차는 일은 없어졌다.

하지만 열차가 원산역을 떠나 갈마, 배화, 안변역을 지나면서부터는 또 다시 느릿느릿 도살장에 들어가는 황소처럼 기어가기 시작했다.

글쎄 양덕 지나 거차역에서부터는 그 험한 마식령산맥을 넘다보니 그렇다 치자. 하지만 여기서는 왜 또 이 모양인가. 잘하면 그날 중에 취재를 마치고 밤차에는 돌아설 수 있겠구나 생각했는데 그날은 고사하고 평강 도착은 한밤중일 것 같았다.

여기저기서 불평불만이 터져 나오기 시작했다.

"아니 이거 열차가 기어가는 거야? 걸어가는 거야? 원, 달구지를 타도 이보다는 빠르겠네." 창문가에 앉았던 구레나룻이 하는 소리였다.

"그러게 말입니다, 이런 줄 모르고 어제 점심때는 들어 갈 것 같다고 어머님께 전보를 쳤는데 이게 뭡니까?" 마주 앉았던 상고머리 말이었다.

"어디까지 가시는데요?" 상순이 물었다.

"가기는 복계까지 갑니다. 글쎄, 오늘 우리 어머니 진갑이 아니겠습니까. 몇 년 만에 보는 어머니인데 이게 뭡니까."

"어이구, 진갑 때문에 간다면 좀 낫기라도 하겠수다. 저쪽 뒷줄에 앉은 머리 흰 할아버지는 군대 갔던 아들이 사고로 사망했다는구만요. 장례가 어제라고 나하고 같이 구장에서 열차를 탔는데 아직도 이 모양이니 이걸 어떻게 합니까." 상고머리 대답이었다.

"허허 야단이군, 야단이야. 그저 죽일 놈은 철도에 있는 놈들이라니까. 그 놈들은 도대체 뭣들하고 밥을 먹는지." 구레나룻의 말이었다.

"그러게 말입니다. 그저 기차를 타고 보면 반동 놈들은 모두 철도에 모여 있는 것 같고 시도 때도 없이 정전되는 걸 보면 또 반동들이란 반동들은 모두 전력부문에 모여 있는 것 같고…… 나라 가는 곳마다 이 모양이니, 쯧쯧쯧." 끝에 앉아 있던 캡을 쓴 사람이 하는 말이었다.

"허허, 거 잘 알지도 못하면서 괜히 철도 사람들만 욕하지 맙시다." 이번에는 이제까지 아무 말 없이 창밖만 보던 좀 퉁퉁하게 생긴 사람이 하는 말이었다.

"아니 욕하지 않게 생겼습니까? 지금 열차 달리는 것만 보시우. 원, 거짓말 보태서 걸어가는 사람 기차 탄 사람보고 담뱃불을 붙이자고 하겠습니다."

"허허허, 뭐 걸어가는 사람 기차 탄 사람보고 담뱃불 붙이자고 한다고? 그것 참 비슷한 소리군 그래."

바로 그때였다. 대머리 위로 뭔가 뚝뚝 떨어지는 것이 있었다. "이크!" 대머린 깜짝 놀라 소릴 질렀다. 선반 위에 올려놓은 짐에서 뭔가 떨어지고 있었다. 모두 놀라 위를 쳐다보는데 제일 끝에 앉아있는 원산역에서 금방 오른 젊은 아주머니 얼굴이 빨개 어쩔 줄 몰라 했다.

"아이고 이거 도대체 뭐야? 에이 비린내!" 대머리가 이마를 문지르며 하는 말이었다. 그러고 보니 물고기 비린내가 확 풍기었다.

"이거 정어리 물 아니야?"

"아이 미안해요. 이제 두 역만 가면 되는데……."

선반 위에 있던 짐을 얼른 내리며 아주머니가 하는 말이었다. 보아하니 원산에서 정어리를 사 가지고 가는데 포장을 잘못한 모양이다.

"저런 건 애초에 기차에 싣고 다니지 못하게 해야 하는데 말이야. 이게 도대체 뭐람?" 대머린 여전히 투덜거리는데 젊은 아주머닌 너무 옹색하여 어쩔 줄 몰라 했다. 그러다 배낭 뒷

주머니에서 낡은 신문지를 꺼냈다.

그 아주머니 배낭이 무거워 보이기에 상순이 거들어 주는데 뜻밖에도 눈에 띄는 것이 있었다. 신문에 낯익은 얼굴이 보였던 것이다.

"저, 아주머니 미안하지만 이 신문 제가 잠깐 볼 수 없겠습니까?"

"신문이라니요? 무슨 신문……?" 뜻밖에도 젊은 아주머닌 너무 당황하여 어쩔 줄을 몰라 했다.

행여 신문에 손톱눈만 한 것이라도 김일성, 김정일의 초상화가 실린 줄 알고 그러는 것 같았다. 만약 그렇게만 된다면 일이 잘못 되면 크게 잘못 될 수 있기 때문이다.

"아니 저 그런 게 아니라 신문에 난 사람 얼굴이 제가 잘 아는 사람 같아서 그럽니다." 상순이 웃으며 말하자 아주머니의 긴장한 빛이 다소 풀어졌다. 하지만 그래도 마음이 덜 놓이는지 구겨진 신문을 조심스럽게 펴며 넘겨 주었다.

너부죽한 얼굴, 좀 모자라는 사람같이 웃어 보이는 모습, 틀림없이 김택광이었다.

동창생이다. 상순이는 대학을 졸업하자 중앙방송에 배치를 받았고 택광이는 3대혁명 소조로 나갔다. 그때 3대혁명 소조는 김일성과 김정일의 지시로 처음으로 금방 조직되었다. (3대혁명 소조란 한마디로 말하여 김일성, 김정일이 파견한 북한식

'홍위병'이다. 다시 말하면 그 어떤 자본주의 물에도 젖지 않은 새 세대 대학 졸업생들로 북한 인민경제 모든 부문에서 김일성, 김정일이 내놓았다는 사상, 기술, 문화 혁명을 추진하라고 내보낸 청년 전위대들인 것이다.)

이럴 수가 있나? 믿어지지 않아 다시 보았지만 역시 '청천강 이북' 김택광이 맞았다.

'수령님을 위하는 길에서는 살아도 영광, 죽어도 영광' 제목부터 요란하다. 하지만 '청천강 이북' 김택광이 분명했다. 더욱 놀라운 것은 그가 공화국노력영웅이 되었다는 것이었다. '이럴 수가 있나?' 눈에 불을 켜고 봐도 역시 잘못 본 게 아니었다. 신문 3면에 그것도 대문짝만하게 그에 대한 기사가 났다.

물론 그라고 영웅이 못 된다는 법은 없겠지만 그래도 그가 영웅이라는 것은 암만해도 너무나 거리가 멀어 보이기 때문이었다.

한쪽은 생선 물이 올라 너덜너덜해진 신문, 그래도 상순은 단숨에 기사를 읽어 내려갔다. 참으로 놀라운 일이라 하지 않을 수 없었다.

대학을 졸업한 김택광이 3대혁명 소조로 파견된 곳은 함흥 철도 관리국 원산분국 강원도 세포라는 곳이었다.

신문에는 3대혁명 소조에 나간 김택광이 언제나 철도 운수 때문에 마음 놓으시지 못하는 김일성과 김정일의 심려를 덜어드리기 위해 처음부터 실로 모든 일을 다했다고 하였다. 특히 그는 세포역에 파견되자 철도에서 제일 걸린 문제가 침목이라는 것을 파악하고 사람들에게 호소하였다.

"지금 우리의 철도는 침목 때문에 제대로 운행하지 못하고 있습니다. 그럼 이 문제를 어떻게 해결해야 하겠습니까? 이렇게 위만 쳐다보면서 앉아서 기다려야 하겠습니까? 아니 그럴 수는 없습니다. 침목도 항일 투사들의 혁명정신을 높이 받들어 자력갱생의 원칙에서 자체로 해결합시다." 그는 철길 대 성원들 자체로 침목 생산을 위한 돌격대를 조직하자고 하였고 앞장섰다는 것이다. 그리고 그들과 함께 위대한 수령님과 친애하는 지도자 동지의 심려를 덜어 드리기 위하여 양강도 삼지연군으로 떠났다는 것이다.

현장에 도착하여서도 줄곧 철길대 성원들과 함께 생사고락을 같이 하면서 불철주야 침목을 생산하기 위해 모든 것을 다했다는 것이다. 그러던 어느 날, 뜻하지 않게 어느 한 산정에서 침목 생산을 위해 몸과 마음을 다 바치는데 자기들이 묵고 있던 숙소에서 불이 난 것을 발견하게 되었다. 숙소에 떨어진 사람은 몇 명 안 되었다. 빤히 내려다보이지만 거리는 가깝지 않았다. 하지만 김택광이 불이 난 것을 보는 순간 주저하지 않고 숙소를 향해 달려 내려갔다는 것이다.

김택광은 그때 성한 몸도 아니었다. 전날 작업을 하다 허리를 다쳐 제대로 쓰지 못 하였던 것이다. 하지만 그는 제일 앞에서 달려 내려갔다. 이들이 숙소에 도착했을 때는 불은 이미 너무 세게 붙어 집 천장이 내려앉을 상황이었다. 사람들은 불을 끄기 위해 필사적으로 노력하는 한편 동시에 집안에 있던 물건들을 꺼내 놓기에 바빴다. 이젠 모든 것을 꺼냈다고 생각하는 순간 김택광이 잠시 무언가 깊은 생각에 잠기는 듯하더니 곧바로 불속에 다시 뛰어드는 것이었다. 사람들은 깜짝 놀라 소리쳤다. 집이 당장 무너지는데 들어가면 어떻게 하는가. 안 된다고 소리쳤다는 것이다.

그러나 택광이는 들은 척도 하지 않고 뛰어 들었다. 잠시 후 집은 마침내 쓰러지고 말았다. 사람들이 악하고 비명을 지르는 순간 김택광이 불길 속에서 나타났다. 사람들은 놀랐다. 그 불길 속에서도 김택광이 위대한 수령 김일성 초상화와 친애하는 지도자 김정일의 초상화를 껴안고 나왔다는 것이다.

비록 전신 화상으로 형체를 가려 볼 수 없게 되었지만 그래도 김택광의 얼굴에는 김일성, 김정일의 초상화를 꺼냈다는 안도의 미소가 비치더라는 것이다.

결국 김택광은 그곳 의료일꾼들의 갖은 정성에도 불구하고 전신 3도 화상으로 끝내 사망하고 말았다고 하였다.

공화국 정부는 그의 이러한 위훈을 높이 평가하여 공화국 노력영웅 칭호와 더불어 국기훈장 제1급을 수여한다고 하였다. 세상에, 김택광한테 이런 기질도 있었단 말인가? 읽을수록 놀라운 소식이었다.

박상순이 김택광을 처음 알게 된 것은 대학 1학년 때였다. 그들 모두는 군대복무를 마치고 대학으로 갔던 것이다.

한 번은 철도대학 적으로 체육경기가 있었다. 상순이는 철도대학 운영학부였고 택광이는 철도 기계공학부였다. 대학생 자체가 거의 다 제대군인으로 되어 있기 때문에 일반 체육종목과 함께 장기도 종목으로 넣었던 모양이다. 상순이네 학부에서는 경기에 나갈 사람이 없었다. 이러게 저렇게 물색하던 중 한 사람을 뽑았는데 그 친구도 마침 그날 일이 있어 시내에 나가 야단났다. 애초에 기권하면 무 점수에 번 점수까지 삭감된다.

의논하던 끝에 박상순이 대신 나가게 되었다. 한데 그때 그로 말하면 장기를 배운 지 얼마 되지 않아 잘 두는 편이 아니었다. 그렇지만 상대편에서는 군대에 있을 때부터 '청천강 이북'이라고 소문났다는 김택광이었다. 청천강 이북에는 아직 자기와 장기를 대상할 사람이 없다는 것이었다. 그의 집이 마침 평북도 선천인지 곽산인지 청천강 이북에 있었던 모양이다.

상순이 어쩔 수 없이 그와 마주 앉았다. 하지만 이게 웬일인가. 불과 몇 수만에 상순이 차를 '청천강 이북'의 상길에 놓았다. 물론 훈수는 금물이다. 상순이 일단 그렇게 두고 보니 단번에 졌다 생각했다. 하지만 웬일인가. '청천강 이북'이 그걸 못 보고 다른 수를 두는 것이었다. 상순은 자신감이 생겼다. 그래서 나름대로 차분하게 생각하고 정신을 집중했더니 뜻밖에도 이겼다. 김택광은 화가 나서 야단이었지만 이미 어쩔 수 없는 일이었다.

하지만 이후 어떻게 기회가 생겨 그와 다시 한번 붙게 되었는데 그때에도 3판 2승으로 상순이 이겼다. 결국 알고 보니 택광은 완전히 헛풍쟁이였다.

하지만 택광은 그렇게 지고도 한다는 소리인즉 자기가 실력을 발휘하지 않아 그렇지 진짜로 하면 상순이 같은 건 어림도 없다는 것이었다.

이렇게 처음 알게 된 '청천강 이북'인데 알고 보니 그에 대해서는 이야기도 많았다.

그와 한 중대에서 십여 년 가까이 같이 복무했다는 친구를 만났는데 그가 이야기해 주었다. 군대 복무하면서 보초근무 나가서는 총을 나무에 걸어놓고 그 밑에 드러누워 잠을 자고 식사하러 가서는 남이야 굶든 말든 자신은 곱배기부터 한다는 것이다.

한 번은 이런 일도 있었다고 한다.

그가 속한 소대가 노래를 부르며 훈련에 나가고 있었다. 소대가 중대 돈사 앞을 지나게 되었는데 마침 거기서는 돼지를 잡으려고 준비하던 모양이다.

여러 사람이 돼지를 묶고 어쩌고 야단법석들인데 김택광의 기괴한 생각이 갑자기 또 발동했다. 매고 가던 소총에 총창을 꼽더니 한참 묶느라고 법석거리는 돼지한테로 돌격해 들어가는 것이었다. 그리고 달려 들어가던 그대로 돼지한테 총창을 박는 것이었다. 물론 깜짝 놀란 돼지는 꽥 소리와 함께 도망쳤고 그 통에 택광이는 총까지 놓치고 말았다. 엉덩이에 총창을 꽂은 돼지는 거의 2백 미터를 달리다가 총을 떨구었다. 그러니 돼지는 돼지고 총이 어떻게 되었겠는가, 자갈밭이며 바위며 되는 대로 끌고 다니다 떨어뜨려 놓았으니 총은 말 그대로 파고철 쇠몽둥이가 되고 말았던 것이다.

원래 북한 군대에서는 무기를 자기 눈동자같이 사랑하라고 한다. 그런데 이건 눈동자는 고사하고 아주 파고철 쇠몽둥이로 만들어 놓았으니 물론 그 때문에 혹독하게 비판을 받았다.

다른 사람 같으면 목이라고 매었을지 모를 일이다. 하지만 택광이는 그게 아니었다. 불과 며칠도 되지 않아 언제 그런 일이 있었더냐 싶게 히죽 벌쭉 웃으며 다니더라는 것이다.

그런 택광이와 상순이 다시 만난 것은 대학 년간 학생 당 생활총화에서였다. 대학에는 원래 제대군인 당원들이 많기 때문에 교직원들의 당 생활총화와 학생들의 당 생활총화를 따로 하였다. 상순이 이무 생각 없이 들어가는데 누군가 어깨를 툭, 치는 사람이 있었다. '청천강 이북' 이었다.

"어, 너 상순이지? 잘 있었어?"

"그래."

"생활을 잘 해야 돼."

싱거운 소리를 하며 손을 내미는 것이었다.

상순은 깜짝 놀라 엉겁결에 악수를 했다.

"너 그때 혼났지, 내 그때 아주 박살내 줄까 하다가 그쯤 해둔 줄 알아. 하여간 반갑네."

그는 또 지난 번 장기 경기에서 마치 자기가 이긴 것처럼 큰소리를 치는 것이었다.

그새 우연히 몇 번 먼 거리에서 보기는 했지만 그렇게 만나기는 처음이었다. 년간 학생 당 생활총화라는 것은 이른바 김정일의 '현명한 영도'와 '은정 깊은 사랑'에 의해 마련되었다는 사상투쟁의 대 논쟁이다. 이 회의는 한마디로 말하면 사업과 생활에서 엄중한 문제가 있는 사람들은 모조리 비판무대에 올려 세워놓고 사상전의 '집중포화'를 들씌운다.

워낙 대학에 학생도 많고 특히 제대군인들이 많기 때문에 별의별 '홍길동'들이 다 나온다.

상순이 강당에 들어갔을 때에는 이미 꽉 차 있었다. 대학 간부들이 들어와 앞 주석단에 앉았다.

보통 때에는 보기조차 힘든 대학 학장이 가운데 앉고 그 옆에 대학 당 비서며 부학장들이며 대학 안전부장까지 들어와 앉았다. 철도 대학도 학생이 근 5천명이나 되기 때문에 안전부를 따로 가지고 있었다. 대학 안전부장까지 나왔다는 것은 그만큼 심각한 문제들이 많다는 것을 의미한다.

모두 흥분과 기대 속에 기다리고 있었다.

사실대로 말해서 이런 회의는 비판 받는 사람은 죽을 맛이겠지만 비판 받지 않는 사람들은 그렇지 않다. 재미있기까지 한 것이다. 특히 학생들 속에서 나타나는 남녀관계 문제 같은 것은 나오기만 하면 졸라고 해도 조는 사람이 하나도 없다.

상순은 이번에는 또 어떤 친구가 무대에 올라 곤죽이 되겠는가, 기대 같은 것도 해보며 자리에 앉았다. 얼핏 돌아보니 그에게서 셋째 줄 뒤에 김택광이 앉아 있었다.

회의가 시작되었다. 먼저 조직 부비서가 사회를 하고 대학 당 비서가 년간 학생 당 생활총화 보고서를 읽기 시작했다. 당연히 회의 보고서라면 성과부문부터 지적한다. 하지만 그 부문은 짧았다.

먼저 당의 유일사상체계를 세우는 사업(김일성의 독재체제를 세우는 사업), 당의 유일적 지도체제를 세우는 사업(김정일의 독재체제를 세우는 사업)을 언급하고 계속하여 당 조직 관념에 대한 문제, 그리고 혁명적 학습기풍을 세우는 문제 등을 간단히 언급하였을 뿐이다.

그런 건 누구에게나 별로 흥미가 없다. 문제는 결함부문이다. 학급에서 하는 세포 총화나 학부에서 하는 부문 당 총화 같은 데서는 일반적으로 자질구레한 것들만 언급되지만 대학 당 총화에서는 다르다. 굵직굵직한 문제들이 많이 오른다. 그래서 모두는 잔뜩 기대에 부풀어 결함부문이 언급되기만을 기다렸다.

"상반년 중 이상 같은 성과들도 있었지만 우리 학생 당원들 속에서는 적지 않은 결함들도 표출되었습니다."

드디어 책임비서가 성과부문 보고를 마치고 결함부문으로 넘어갔다. 여기저기서 자세를 고치고 귀를 기울이는 모습이 보였다. 실로 어마어마한 결함들이 쏟아져 나오기 시작했다. 철도 건설 학부의 어떤 친구는 자신을 대남 공작 부서, 즉 3호 청사 전투원이라고 거짓말을 해대면서 무려 7명의 처녀들과 약혼하고 그중 다섯 명과는 정식 결혼식까지 하였다는 것이다. 그리고는 요일별로 정해 놓고 장돌뱅이 같이 돌아가면서 이 여자 저 여자 모두 망쳐먹은 건 말할 것도 없고 그 집들에서 매일 최고의 대접을 받았다고 한다.

다음 철도 기계공학부의 어떤 친구는 (이후에는 통칭 '개장국 검사'라고 부르기도 했지만) 자기는 형제산 구역 검찰소에서 나온 검사라고 하면서 무려 여섯 달씩이나 하당동 어느 개장국 집에서 공짜 식사를 하였다는 것이다.

보고서에 실린 글은 비록 짧았지만 그 뒤에는 또 얼마나 흥미진진한 이야기들이 숨어있을 것인가. 그건 본인 토론에서 나올 것이다. 보고서를 읽어 내려가는 책임비서는 심각한 표정이었지만 듣고 있는 학생 당원들의 표정은 그게 아니었다.

연방 여기저기서 탄복 소리까지 터져 나왔다. 대학 망신을 시켰다는 생각 같은 건 뒷전이고 그보다는 오히려 그들의 '영웅적 행동'에 감탄하는 것이었다.

도둑놈, 바람쟁이, 주먹질꾼, 주정뱅이, 별의별 자료들이 연이어 쏟아져 나왔다.

문득 상순은 자기 귀를 의심했다. 김택광의 자료가 나오기 시작하는 것이었다.

"기계공학부 김택광 동무는 지난 4월 위대한 수령님과 친애하는 지도자 동지의 배려에 의해 '광복의 천리 길' 답사행군을 가게 되었습니다."

(북한 대학생들은 해마다 꼭꼭 그런 놀음을 한다. 즉 김일성이 열네

살 때 걸었다는 노정을 따라 평양에서부터 자강도 포평까지 그가 걸었다는 데서는 걷고 기차를 탔다는 데서는 기차를 타고 천리 길을 행군해 가는 것이다.)

김택광이 속한 학급이 이른바 '광복의 천리 길' 노정을 따라 평양에서 강계까지 갔을 때였다. 그날따라 날씨도 유난히 화창하였다. 답사대는 김일성이 묵어갔다는 강계 '객주 집'을 참관하게 되었다. 그런데 마침 그 '객주 집'에는 먼저 온 답사 단체가 있어 기다려야 했다. 하지만 날씨도 화창했지만 여러 날째 답사 행군을 했고 또 금방 점심 식사까지 한 후라 앉으니 솔솔 졸음이 몰려왔다.

모두가 양지바른 쪽에 앉아 졸기 시작했다. 30분쯤 되었을까 먼저 참관하던 단체가 끝났으니 다음 단체 모이라는 소리가 들렸다. 이제 곧 택광이네 답사단이 참관할 차례였다.

모두들 마지못해 일어서는데 택광이 일어서며 한마디를 했다는 것이다.

"에라, 객주 집인지 맥주 집인지 봐주라면 봐주자." 달콤하게 조는데 모이라고 하니 당연히 귀찮았을 것이다. 하지만 그런 곳에 가서는 절대로 해서는 안 될 말이다.

첫째로 '위대한 수령님께서 다녀가신' 객주 집을 맥주 집에 비교한다는 것 자체가 상상하기 어려운 엄청난 죄이기 때문이다. 둘째로 '봐주라면 봐주자' 또한 불손하기 그지없다. 수령님과 지도자동지 배려에 의해 진행하는 답사인데 '봐주라면 봐준다?' 이게 무슨 말인가.

과연 무엇으로도 변명할 수 없는 엄청난 말을 한 것이다. 책임비서는 계속하여 김택광의 죄행을 폭로했다.

얼마 전에 있던 일이다.

택광이 고향에 있는 약혼녀로부터 편지를 받았다. 방학에 집에 올 때 평양 화장품을 한 조 사다 달라는 것이었다. 제대군인 대학생들이라면 군대에 나가 십여 년씩 복무하다 돌아왔기 때문에 제대하기 바쁘게 약혼들을 한다. 택광이도 그렇게 했던 모양이다. 그런데 그 약혼한 처녀와 손목도 제대로 잡아보지 못하고 대학에 올라 왔으니 보고 싶을 건 뻔한 일이었다.

택광이 여기저기 줄을 놓아 그래도 좋다하는 평양 화장품 한 조는 구했다. 하지만 방학까지는 아직 몇 달을 기다려야 한다. 어떻게 할 것인가. 택광이 생각 끝에 평양시 서성구역 체신소에 가서 철도대학 본인 앞으로 전보를 쳤다.

"김택광 앞 모친 급병 급래 요함" 그리고는 다음날 자기한테 온 그 전보쪽지를 들고 학생지도교원한테 올라갔다. 학생지도교원이란 학생들의 일체 사업과 생활에 대한 문제만 지도 통제하는 선생이다.

"선생님, 큰일 났습니다. 오늘 집에서 전보가 왔는데 어머니가 앓는다고 급히 오라고 합니다." 택광이 제법 울상이 되어 말했다. 하지만 학생지도교원의 반응은 의외로 시큰둥했다.

"그래? 알겠소. 하지만 아직 좀 더 두고 보자고."

제대군인 대학생들이 저마다 고향에 약혼녀를 두고 왔으니 집에 갔다 오고 싶은 건 더 말할 것도 없었다. 그래서 제나름대로 고향에 가짜 전보를 쳐달라고 해서 들고 온다. 때문에 학생지도교원도 그들 모두를 보내줄 수는 없고 두세 번 전보가 온 다음에야 보내주는 것이 상례로 되었다.

택광이 속에서 불이 일지 않을 수 없었다.

며칠 후 이번에는 시내 평천구역 체신소에 가서 다시 본인 앞으로 전보를 쳤다.

"김택광 앞 모친 사망 급래 요함" 물론 다음날 점심 때쯤 전보는 어김없이 도착했다.

이번에는 택광이 눈물까지 뚝뚝 흘리며 학생지도교원한테 갔다.

"아이고 선…… 선생님 이걸 보십시오. 우리 어머니가 끝내 돌아가시고 말았다는 구만요. 아이고, 이걸 어떻게 하면 좋습니까, 아이고……."

그는 원래 군대에서 중대쯤 되는 예술선전대 배우놀음도 좀 했던 모양이다. 하다 보니 연기도 괜찮게 한 것 같다.

학생지도교원이 듣고 보니 난감하기 그지없었다.

그의 어머니로 말하면 전국이 다 아는 모범 협동농장 관리위원장이었다. 직접 김일성의 접견도 받았고 전국 농업대회에서 토론까지 한 전적이 있다. 그러니 이런 야단이 어디 있는가. 앓는다고 할 때 보내 주었더라면 마지막 모습이라도 보게 되었을 것을…… 자기가 별치 않게 생각해서 이런 일을 당하게 된 것이다. 생활지도교원은 급한 김에 학부장, 학부 부문 당 비서선생한테 보고하고 자기가 직접 술이며 제사 상차림까지 준비하였다. 그리고 자기가 직접 택광이와 함께 그의 집에 갔다.

그런데 이런 일이라고야. 원래 택광이 아버지는 전후 복구건설 시기 사고로 사망하고 어머니와 단 둘이 살고 있었다. 그런데 그의 어머니가 그날 역에 무슨 볼일이 있어 나왔다가 뜻밖에도 아들을 만난 것이다. 물론 어머니는 깜짝 놀랐다. 방학도 아닌 때에 갑자기 아들이 나타났으니 어떻게 놀라지 않을 수 있으랴, 그러니 택광이도 난처하였지만 같이 갔던 생활지도교원도 난감하기 짝이 없었다.

할 수 없이 생활지도교원은 그 자리에서 올라오고 택광이만 이틀 후 다시 올라오게 하였다. 이것이 택광의 두 번째 죄목이다.

세 번째 죄목은 같은 학급 여대생을 때려 실신시킨 것이다.

원래 그의 학급에는 정순이라는 제대군인 여대생이 한 명 있었다. 나이는 어리지만 군대에 나가 입당도 하고 고사포부대 소대장까지 한 여대생이었다. 당연히 똑똑하기를 이를 데 없었다.

어느 날 김일성의 혁명역사를 공부하는 시간이었다. 그 날도 택광이는 공부에는 애초에 관심도 없던 놈이라 어디서 얻어 온 것인지 인체해부생리학 책을 들고 들어왔다. 그리고 공부시간에 어이없게도 여성 생식기 구조만 열심히 연구하기 시작하는 것이었다. 자기만 보는 것도 아니고 옆에 있는 친구까지 끌어들여 웃고 장난치고 하는 것이었다. 정순이 보다 못하여 한마디 하였다.

"수령님 혁명역사 시간에 그런 책이나 보면 되는가? 공부 좀 하자."

하지만 택광이는 그녀의 말을 들은 척도 하지 않았다. 오히려 그 책에 나오는 그림을 보이며 옆 친구와 계속 장난질만 치는 것이었다.

다음 날은 마침 주 학생 당 생활총화 날이었다. (그때 학생 당원들은 김정일의 지시에 의해 2일에 한 번씩 당 생활총화를 하였다.)

당 생활총화에서는 누구나 먼저 자기비판을 하고 다음은 꼭 다른 사람에 대해 비판해야 한다. 정순이 이 문제를 놓고 택광이를 비판하였다. 어떻게 당원으로서 공부시간에 그것도 다른 공부도 아니고 김일성의 혁명역사 공부 시간에 그런 책이나 들고 들어와 장난치는가.

물론 당연한 비판이다. 아니 그 정도면 비판이 오히려 약하다고 해야 할 것이다. 하지만 택광이 분격하였다. 원래 결함이 많은 그이다 보니 그런 비판쯤은 처음 받은 것도 아니었다. 문제는 여자한테 비판 받았다는 것이 분했다.

생활총화가 끝나기 바쁘게 택광이 그녀를 찾아갔다. 그리고 네가 뭐가 돼서 나한테 그런 비판을 하냐며 눈을 부라렸다.

사내인 자기가 그쯤 나오면 그녀가 찍소리 못할 줄 알았던 모양이다. 하지만 다시 말하지만 그녀는 군대에서 소대장까지 하였던 여대생이다.

택광이쯤은 허깨비 정도로밖에 알지 않던 그녀라 오히려 당원이 당 회의에서 제기된 문제를 밖에 나와 말하면 되는가 정면으로 면박을 주었다.

뜻밖의 반격에 약이 오른 택광이 갑자기 뛰어가더니 청소하는 밀대를 들고 와서 그것으로 정순이 머리를 쳤다. 물론 정순인 외마디 소리와 함께 그 자리에 쓰러졌다.

금방 온 학급이 불난 개미집이 되고 말았다. 당연히 이런 일이 무사히 넘어갈 리 없었다. 대학 당 비서의 보고에는 이상과 같이 결함이 지적되어 있었다.

보고는 계속되었다. 하지만 그 다음 나온 것들도 엄중한 것들이 많았지만 김택광처럼 당의 유일사상체계를 세우는 사업을 비롯하여 갖가지 결함을 골고루 가진 사람은 없었다.

대학 당 비서의 보고가 끝나고 토론순서로 넘어갔다.

이런 '대 논쟁'에서는 당연히 제일 엄중한 결함을 범한 사람들부터 비판무대에 올린다. 여기서 퍼부어지는 '사상전의 집중 포화'는 말 그대로 무시무시하리만큼 혹독하다. 이미 사전에 준비시켜 놓은 사람들이 일어서서 무대에 올라선 사람들한테 가혹하게 비판하는 것이었다. 간혹 용서받는 경우도 있지만 그렇다 해도 절대 그대로 넘어가지는 않는다. 걸핏하면 출학당하고 머리 깎고 감방에까지 들어간다.

특히 그 날 회의는 보통 때와는 달리 대학 안전부장까지 나와 있었으니 조짐이 심상치 않았다.

즉, 학생 당원들로부터 교원에 이르기까지 대학 내 모든 사람들의 운명을 좌우지 할 수 있는 대학 당 집행위원들이 다 나와 있었던 것이다. 다시 말하면 모든 문제는 그 자리에서 결정할 수 있었다는 것이다.

첫 토론은 보고서에 올랐던 여러 명의 처녀와 동시에 결혼까지 하였던 '공작원'이었다. 무사할 리 없다. 그도 알고 보면 기숙사에서 주는 밥으로는 배가 고프기 때문에 배고픔을 덜기 위해 시작한 일인데 나중에는 그렇게 되었다는 것이다.

나름대로 울며불며 잘못했노라고 자기비판을 했지만 어림도 없었다. 그의 토론이 끝나기 바쁘게 대학 당 비서 학장선생 쪽으로 몸을 기울이고 뭔가 수군거리더니 학장이 머리를 끄덕였다. 책임비서가 결론지었다.

"대학 당 집행위원회 결정으로 저 동무는 법 기관에 넘기려고 합니다." 법기관이라면 곧 안전부에 넘긴다는 것이다.

말이 끝나기도 바쁘게 뒤에 대기하고 있던 안전원(경찰) 두 명이 나오더니 그대로 끌고 나가는 것이었다.

두 번째 토론은 '개장국 검사'였다. 그도 법 기관에 넘어갔다.

이어 한 명이 더 무대에 올랐다. 이미 그들의 운명은 회의가 시작되기 전에 다 결정되어 있었기 때문에 동지 호상비판 같은 것도 길지 않았다. 그도 법 기관에 넘어갔다.

그 다음부터 더는 재미거리가 아니었다. 조직부비서가 나와 토론자를 불러내고 다음 토론할 사람을 준비시킬 때마다 사람들은 괜히 자기들은 죄도 없으면서 마음을 옥죄었다. 혹시 자기 이름이 불려지지 않을까 해서였다.

조직부비서가 이번에는 예비과 누구를 불러내고 다음 토론준비를 할 사람은 김택광이라고 알려 주었다. 상순이 돌아보았다. 택광이 얼굴이 순식간에 시커멓게 되었다.

하지만 그는 역시 김택광이었다. 갑자기 휴지를 싸쥐더니 사람들을 헤치고 나오기 시작했다. 화장실이 급해서 간다는 것이었다. 도망칠 경우를 생각해서 그한테서 멀지 않게 떨어져 앉아 있던 생활지도교원도 그 경우까지는 생각하지 못했던 모양이다. 택광이 그렇게 나오자 어찌할 바를 몰라 우물우물하는 사이 벌써 그는 회의장 뒤쪽까지 거의 다 나가고 있었다. 문득 생활지도교원은 더는 그대로 보고만 있을 수 없다는 생각이 든 모양이다. 학부 체육 선수 몇 사람한테 눈짓하여 택광이 뒤를 쫓게 하였다.

주석단에서는 그런 줄도 모르고 토론이 계속되고 있었다. 마침내 다음 토론자였던 예비과 학생의 토론이 끝났다. 하지만 그는 무슨 '빽'이 움직였는지 법 기관에까지는 넘어가지 않았다. 엄중경고 처벌로 살아났다.

김택광 차례다. 대학 당 조직부비서가 벌써 두 번씩이나 택광이를 불렀으나 대답이 없었다. 화장실에 간다고 도망간 녀석이 대답할 리 없었던 것이다.

장내가 술렁거리기 시작했다. 대학 초급당 비서의 안경알이 번뜩였다.

"김택광 동무, 없습니까? 어떻게 된 일입니까?" 그래도 대답이 없었다.

택광이네 학부 생활지도교원의 얼굴이 까매져 어쩔 줄 몰라 했다. 바로 그 순간이었다. 갑자기 뒷문이 열리며 김택광이 들어왔다. 하지만 그냥 들어오는 것이 아니라 뒤를 쫓게 했던 학부 체육 선수들한테 잡혀 끌려 들어오고 있었다.

한눈에 벌써 화장실에 갔다 오는 게 아니라는 것이 알려졌다.

"김택광 동무, 없습니까? 어떻게 된 일입니까?" 조직부비서가 다시 소리쳤다.

"예, 김택광 여기 나갑니다." 문득 김택광이 큰 소리로 대답하며 잡고 있는 사람들을 뿌리치고 성큼성큼 앞으로 나갔다.

땀까지 철철 흘리며 그가 앞으로 나가자 갑자기 그를 잡아끌고 온 학부 체육 선수들도 어안이 벙벙해졌다. 어떻게 보아도 틀림없이 어디론가 도망치다 끌려 온 꼴인데 택광인 전혀 그런 기색이 아니었다. 택광이 주석단 옆에 따로 마련된 비판석에 올랐다. 하지만 가쁜 숨만은 감추지 못했다.

"택광동무, 동무 지금 어디 갔다가 오는 길이요?" 대학 당 비서가 영문을 몰라 물었다.

당연히 감히 도망치다 잡혀 왔으리라고는 생각지도 못했던 것이다. 택광은 대답이 없었다. 연탁을 잡은 두 손만 경련이라도 일듯 꽉 쥔 채 머리를 깊이 떨구고 있었다.

"택광동무, 어딜 갔다 왔는가 묻지 않소?" 대학 당 비서가 다시 물었다.

묻기는 당 비서가 물었지만 궁금해하는 건 그뿐이 아니었다. 학장은 물론 부학장도 그리고 그가 도망치다 잡혀온 줄 모르는 모든 사람들도 같다.

드디어 김택광이 머리를 들었다. 그리고 천천히 좌중을 둘러보았다.

아, 이거라고야, 문득 그의 눈에서 눈물이 뚝뚝 떨어졌다.

"여러분! 여기 앉은 모든 동무들과 같이 저도 군대복무를 마치고 위대한 수령님과 친애하는 지도자 동지의 크나큰 정치적 신임과 배려에 의해 철도대학에 왔습니다……." 잠시 말을 끊었다.

"저의 아버지가 어떤 분이었습니까? 대학은 고사하고 초등학교 문전에도 못 가본 평안북도 선천군 어느 시골 빈농민이었습니다. 저의 어머니는 어떤 분이었습니까? 역시 같습니다. 아버지뿐 아니라 할아버지도 또 온 가족 대대손손이 지주의 갖은 착취와 억압 속에 죽지 못해 살아가던 농사꾼이었습니다. 그러다 보니 그 누구도 대학은 고사하고 초등학교 문전에도 가보지 못했습니다. 그런데 저는 다시 말하지만 위대한 수령님과 친애하는 지도자 동지 배려에 의해 나라에 하나밖에 없는 철도 대학에까지 와서 입학하고 공부하였습니다……."

대학 당 비서는 물론 모든 사람들이 어안이 벙벙해졌다.

"이런 저라면 당연히 그 누구보다도 어버이 수령님과 친애하는 지도자 동지의 크나큰 정치적 신임과 배려에 충성으로 공부를 잘하는 것으로 보답해야 하겠는데 저는 그러지 못했습니다. 이미 보고서에서도 지적되었지만 저는 당원으로서는 말할 것도 없고 인간으로서도 도저히 용서할 수 없는 엄중한 결함을 범하였습니다……."

누가 그랬던가, 북한 예술영화 촬영소에서 제일 연기를 잘하는 배우는 인민 배우 유원준과 김용린이라고 하였다. 하지만 아니었다. 그들도 김택광에 비하면 아무것도 아니었다.

그가 토론을 시작하자 갑자기 장내가 쥐 죽은 듯 조용해졌다. 어디서 솔잎 떨어지는 소리까지 들릴 것 같았다. 마디마디 가슴 치는 그의 목소리는 사람의 심장을 틀어잡았던 것이다.

"오, 그래서? 계속 말해 보라고." 대학 당 비서가 그쪽으로 완전히 상반신을 돌리었다.

"전 이 회의가 끝나면 곧바로 법 기관에 넘겨질 것도 압니다." 자식, 미리 방패막이를 하는 모양인가.

"하지만 그렇다고 어떻게 마지막까지 위대한 수령님의 교시 한 제목, 친애하는 지도자 동지의 말씀 한 제목 인용하지 않고 토론에 참가하겠습니까?"

"가만 그러니까 동무는 혹시 수령님의 교시집이나 지도자 동지의 말씀집을 가지러 갔던 거란 말이오?" 대학 당 비서가 물었다.

"그렇습니다. 다시 말씀드립니다만 제가 이 회의가 끝난 이후 바로 법 기관에 넘겨진다 하여도 어찌 그대로야 토론에 참가할 수 있겠는가 말입니다. 진 그럴 수 없다고 생각했습니다……."

"그러니까 기숙사에 수령님 교시집을 가지러 갔던 거란 말이겠소?"

"그렇습니다. 기숙사에 위대한 수령님의 교시집, 친애하는 지도자 동지 말씀집을 가지러 내려갔다 오는 길입니다." 아, 사람들은 이마를 쳤다.

기숙사에 가려면 대학 청사 뒤쪽으로 가야 한다. 하지만 김택광이 잡혀 온 곳은 그와 반대쪽 대학 옆 솔밭으로 해서 평양시로 나가는 쪽에서 잡혀왔다.

택광이네 생활지도교원은 너무 기가 막혀 말을 못하였다.

"아이고, 저 새끼가 저런 날거짓말을…… 아이고 내 저 새끼를…… 내 저 새끼를……." 하지만 그도 수백 명 학생당원들이 앉아 있는 자리에서 더구나 대학 학장, 비서, 안전부장까지 앉아 있는 자리에서 감히 함부로 일어나 사실을 까밝히지는 못하였다.

방금 전에 그를 잡으러 갔던 학부 체육 선수들도 입만 쩝쩝 다실 뿐이었다.

그러거나 말거나 택광이는 계속하여 무대에서 자기의 화려한 연기를 마음껏 펼쳐나가기 시작하였다. 가슴 치는 참회와 눈물을 펑펑 쏟는가 하면 마지막에는 주석단 한가운데 높이 걸려 있는 김일성, 김정일의 초상화로 온몸을 던졌다.

"위대한 수령님 그리고 친애하는 지도자 동지, 이 죄 많은 아들을 용서해 주십시오. 이 아들은 비록 오늘 죄를 짓고 법 기관에 넘어 가지만 그 어디에 가서도 하늘보다 높고 바다보다 넓은 그 사랑을 영원히 잊지 않겠습니다. 수령님! 지도자 동지! 어헉……."

순간 장내에서는 갑자기 우렁찬 박수소리가 터져 나왔다. 환호…… 박수…… 또 박수…….

이후 상순은 언제인가 기회가 있어서 문화 예술부에서 하는 대 논쟁에 참가했던 적이 있다.

그때 바로 인민배우라고 하는 김세륜이 비판무대에 올랐다. 하지만 그의 연기도 이 온갖 잡동사니를 마구 쑤셔 넣은 포대자루 같은 김택광에게는 비할 바가 아니었다.

일이 이쯤 되고 보니 그 뒤처리는 뻔하였다. 대학 당 비서가 손수건을 꺼내 눈물을 찍더니 학장한테 몇 마디 하는 것 같았다. 그리고 마이크를 잡았다.

"자, 동무들 조용하시오. 사실대로 말해서 이번에 우리 택광 동무를 법 기관에 넘기려 했습니다. 하지만 동무들도 방금 본 것처럼 김택광 동무는 능히 자기 결함을 고칠 수 있다고 생각하였습니다. 그래서 우리는 이 동무한테 한 번 더 기회를 주려고 합니다. 택광 동무 앞으로 생활을 잘하여야 합니다. 내려가시오."

경고 처벌도 없이 완전히 무죄 방면이 된 것이다. 또 다시 우렁찬 박수가 장내를 들었다 놓았다.

그 속에서 택광이 내려왔다.

그런데 택광이는 역시 김택광이었다. 바로 자기 자리에 거의 이르러 문득 자기를 잡아먹을 것처럼 노려보는 생활지도교원과 눈이 마주쳤다.

그러자 금방 전까지 눈물을 좔좔 흘리며 절절하게 참회하던 택광이 뜻밖에도 지도교원을 향해 한 쪽 눈을 찡긋하고 웃어 보이는 것이었다. 내 연기가 이쯤 하면 괜찮지 않은가 하는 것 같았다.

생활지도교원은 말할 것도 없고 그 자리에 있던 우리 모두가 아연실색했다. 물론 무대에서는 볼 수 없었다. 그러니 누가 그 보고 방금 전까지 사지 판에 올랐던 사람이라 하겠는가.

물론 그 뒤에도 대학을 졸업할 때까지 택광이 소리는 크고 작게 끊이지 않고 들렸다.

마침내 졸업하였다. 그리고 그는 강원도 세포군 어디론가

3대 혁명 소조에 나갔고 상순이는 중앙방송 기자로 떨어졌던 것이다.

상순이도 거기까지는 알고 있었는데 오늘 그가 공화국 노력영웅이 되어 다시 나타난 것이다.

상순이 너무나 놀라워 신문에서 눈을 떼지 못하는데 옆에 앉았던 사람이 한마디 하는 것이었다. 아까 철도에도 사정이 있어 그러는 것이겠지 두둔하던 사람이다.

"여보시오, 그런 허튼 소린 그만 읽고 나하고 장기나 한 판 둡시다." 가방에서 여행용 장기판을 꺼내며 하는 말이었다.

"아니, 허튼 소리라니요? 이 사람은 저하고 대학 동창이란 말입니다. 그런데 공화국 노력영웅이 되었다는데 대단하지 않습니까?" 상순이 깜짝 놀라 말했다.

"흥, 노력영웅 같은 소리를 하는군. 그 사람이 3대 혁명 소조원이 아니고 일반 노동자였어도 영웅이 되었겠습니까?" 뜻밖에도 그 사람이 영 맞깝지 않은 소리를 했다.

"그게 무슨 소립니까. 자기 한 몸 바쳐서 수령님의 초상화를 구원했다는데 거기에 일반 노동자와 3대 혁명 소조원이 무슨 상관이 있습니까?"

상순이 어이없어 말했다.

"그 사람이 일반 노동자였으면 영웅은 고사하고 욕이나 먹지 않았으면 다행이었겠습니다. 물론 이미 사망한 사람한테 이런 이야기를 하는 건 좀 그렇지만 말입니다."

"예? 아니 손님이 이 친구를 알면 얼마나 안다고 그럽니까?" 상순이 깜짝 놀라 말했다.

"글쎄, 그 사람 내력이야 잘 모르지요, 하지만 아무튼 난 그때 거기 벌목 현장을 책임지러 갔던 세포 철길대 대장이란 말입니다."

"예?" 의외였다. 상순의 말문이 막혔다. 그가 말하였다.

원래 강원도 원산 철도 관리국 분국산하 여러 철길대에서 침목을 생산하기 위해 양강도 삼지연군에 돌격대를 보냈던 건 사실이다.

그날 이들은 산에 올라 침목으로 쓸 목재를 찾아 한창 벌목을 하고 있는데 누군가 숙소에서 불이 난 것 같다고 소리쳤다. 빤히 내려다 보이지만 거리는 멀었다.

이들은 즉시 작업을 중지하고 숙소로 달려 내려 왔다.

하지만 이들이 도착했을 때는 이미 너무 늦었다. 불은 거세게 붙어 집이 무너지기 직전이었다. 떨어져 있던 사람들을 비롯하여 이들은 정신없이 불을 끄는 한편 집안에 있던 짐들을 꺼내기 시작했다. 그리고 마침내 집이 무너졌다.

그나마 사람이 다치지 않아 다행이라고 생각하는데 문득 창고로 쓰던 뒷골방 자리에서 시신 한 구가 발견되었다. 모두가 깜짝 놀라 보니 그게 뜻밖에도 김택광였다는 것이다.

"아니, 그럼 김택광이는 거기 산에 올라가지 않았다는 말입니까?" 상순이 물었다.

"흥, 3대 혁명 소조원이 왜 산에 올라가겠습니까? 산에 올라가 봐야 춥고 힘들고 노동자들과 함께 일을 해야 할 텐데, 그리고 바른대로 말해서 그는 전날 술을 억병으로 마시고 뒷창고에 숨어 자고 있었단 말입니다. 그런 걸 아무도 몰랐지요." 그 사람이 하는 말이었다.

"그럼 불속에 뛰어 들어 위대한 수령님과 친애하는 지도자동지 초상화를 꺼내 왔다는 건 또 무슨 소립니까?" 상순이 어이없어 물었다.

"아니, 그거 누가 살던 집인지도 모를 빈집인데 그런 집을 우리가 임시 수선해 놓고 들어갔단 말입니다. 그런 집에 무슨 초상화니 뭐니 걸겠습니까?" 그것 또한 천만뜻밖이었다.

"예? 그럼 초상화는 애초에 없었다는 말입니까?"

"글쎄, 아무것도 없는 집을 우리가 임시로 수선하고 들어갔다지 않습니까." 들을수록 미궁에 빠지는 것 같았다.

"그럼 김택광이 그 곳에 3대 혁명소조로 파견된 다음 철도에서 제일 문제되는 것이 침목이라는 것을 파악하고 자체로 침목을 생산하기 위해 돌격대를 조직하였다는 건 또 어떻게 된 겁니까?"

"허허허, 그런 일이 어디 3대 혁명소조원 한 사람이 와서 파악하고 대책을 취하고 할 일입니까?"

"예?"

그 사람은 말하였다.

원래 규정대로라면 철로에서 침목은 3-5년에 한 번, 레루 자갈은 1-3년에 한 번씩 교체하게 되어 있다. 러시아에서 침목용 목재가 나올 때까지는 그래도 좀 나았다. 함북 경원 어디에 침목 공장을 하나 만들어 놓고 부족하지만 정 급한 것은 교체하였다. 그러나 그게 멎은 다음부터는 특히 평양 평강행은 애초에 그 주변에 주요 공장지대도 없고 시설도 없기 때문에 철도 건설에서 제외되었다.

때문에 해방 전 일제가 해 놓은 그대로 얼마간씩 보수하고 또 보수하여 기차가 멎으며 다니며 하는 형편이었다.

그러다 보니 침목이 너무 썩어 레루를 고정시킬 고정 못을 박을 자리가 없었다는 것이다. 그래서 한 번은 이쪽에 박고 다음엔 저쪽에 박고 그런 식으로 매번 열차를 통과시켰다.

"그래서 우리도 이 문제를 입이 닳게 위에 제기했단 말입니다. 하지만 위에서는 이런 문제도 자력갱생하라고 하면서 아무것도 보장해 주지 않았지요."

"철도 침목을 자력갱생한단 말입니까?" 상순이 어이없어 물었다.

"생각다 못해 우리 철도 관리국 분국에서는 자체로 침목 생산돌격대를 조직하기로 했지요. 그걸 어떻게 한, 두 명의 3대 혁명소조원이 오자마자 실태를 파악하고 해결한단 말입니까?"

들을수록 기가 막힌 이야기뿐이었다.

"그러면 김택광이 거기서 뭘 했기에 영웅이 되었습니까?" 상순이 물었다.

"허, 그 때문에 말들이 많았지요. 글쎄 위대한 수령님과 친애하는 지도자 동지께서 직접 처음으로 파견한 3대 혁명 소조원인데 어떻게 술을 마시고 잠을 자다 그런 변을 당했다고 하겠습니까. 그래서 차마 그대로 보고하진 못하고 초상화를 구하러 들어갔다가 그렇게 되었다고 했지요."

"그럼 위에서는 이 내막을 모르고 영웅으로 내신하였다는 말입니까?" 상순이 기막혀 물었다.

"모르기는 왜 몰랐겠습니까? 위에서도 자료 조사하러 내려 왔더군요. 그래서 저희들은 사실이 다 밝혀지면 어떻게 하나 대단히 걱정하였지요. 하지만 위에서 내려 왔다는 사람들은 아주 거기에다 살까지 더 붙여 마치 김택광이 발기해서 양강도 삼지연군에 침목을 생산하러 갔던 것처럼 하더군요."

기막힌 일이었다. 정말로 기막힌 일이었다. 상순의 입이 써서 말이 나가지 않았다.

언제인가 김일성은 철도는 나라의 동맥이라고 하였다. 그것도 한, 두 번도 아니다. 기회가 있을 때마다 하던 말이다. 틀린 말은 아니다. 하지만 그렇게 중요한 나라의 동맥인 철로의 침목이 다 썩어 레루 고정 못을 박을 자리가 없게 문드러졌는데 그런 건 아는 척도 안 한다.

자력갱생을 하라고 하면서 모든 것을 아래에 밀어 버린다. 자력갱생 할 게 따로 있지 철도에서 침목을 어떻게 자력갱생 한단 말인가.

그러나 김일성, 김정일이 자기 자신들의 위대성, 영도의 현명성을 선전하기 위해서는 세상 불망종이 사기꾼도 영웅으로 둔갑시킨다.

그러니 이 나라는 도대체 어디로 가자고 그러는가. 나라의 동맥이 썩었다. 상순이 생각하면 할수록 기가 막혀 말이 나가지 않았다.

침묵

이지명

이지명

1953년 함경북도 청진에서 태어나 2008년 12월 『한국소설가협회』에 장편소설 『삶은 어디에』를 발표하며 등단했다. 『삶은 어디에』는 2009년 1월 KBS한민족방송 라디오극장 드라마로 각색되어 방송되었다. 발표작품으로 「복귀」 「환멸」 「안개」 「확대재생산」 등과 장편소설로 『포 플라워』가 있고 『서기골로반』을 공동출간했다. 북한 인권을 말하는 남북한 작가 공동 소설집 『국경을 넘는 그림자』와 『금덩이 이야기』 『꼬리 없는 소』 『단군릉 이야기』에 참여했다. 전 북한작가, 한국소설가협회 회원이며 현재 『망명북한작가PEN』 편집장이다.

물쿠던 더위가 물러가자 이어 찾아든 단풍이 높낮은 산발들을 울긋불긋 물들였다. 솔솔 마른 바람이 불 때마다 힘을 잃은 활엽수는 여름내 키운 잎을 하나하나 미련 없이 떠나보내고 우듬지까지 기어올라 우줄대던 머루, 다래, 칡넝쿨은 엉성한 줄기만 남아 흔들흔들 위태롭게 그네만 탄다. 바야흐로 광대한 생명력을 뽐내던 푸른 계절이 그 빛을 잃는 때다. 하나 자세히 보면 습지와 양지엔 제법 푸른빛이 짙다. 파릇파릇 돋아 오른 이름 모를 잡초들 때문이다. 계절을 무시한 짓궂은 생명력에 축복을 보내듯 하늘도 건뜻 들렸다.

멀리 도망가기 바쁜 계절이나 대신 자리를 메운 새 생명들로 어울린 민통선구역 도로를 타고 관광버스 한 대가 경쾌하게 달리고 있었다. 창에서 부서지는 햇볕이 멀리 반사돼 붉고 푸른 산기슭을 더욱 이채롭게 만들었다.

버스가 도착한 곳은 강원도 철원군 철원읍에 위치한 월정리역 구내였다. 열차의 기적소리나 탑승객 발걸음소리조차 들을 수 없는 한적한 구내에 멈춰선 버스에서 열대여섯 명 남짓한 사람들이 내렸다.

"여기 월정리역은 그냥 견본으로 옮겨 놓은 역입니다. 진짜 역은 지금 비무장지대 안에 있거든요. 보시다시피 서울에서 북한 원산까지 연결된 경원선 철로도 예서 끊겼습니다."

가이드의 말이었다. 국토분단의 상징인 듯 이젠 폐역이 된 남쪽 경원선 마지막 역인 월정리역, 역사 구내엔 녹슨 내연기관차와 마구 버무려 방치한 것 같은 찌그러진 객차 뒷부분 잔해가 쓸쓸하게 놓여 있었다. 객차 앞부분은 6·25전쟁 때 북한군이 끌고 갔다며 실무적인 어조로 가이드가 설명했다. 그러고 보면 열차 객차마저 두 동강으로 나뉘어 이산의 아픔을 겪는 셈이다. 잔해 옆에 짝패 쇠바퀴를 잃어버린 다른 녹슨 바퀴가 열차너비의 연결 대에 매달려 있었다. 그 짝패 바퀴마저 북한군이 가져간 것인가?

분단으로 철길이 끊겨 더 이상 달릴 수 없어 주저앉은 열차 잔해, 구내에 '철마는 달리고 싶다'라고 써 놓은 현판 덕에 비록 심하게 찌그러졌어도 철길만 복구되면 열차는 당장 북쪽을 향해 달려갈 것처럼 보이기도 했다.

삭막한 현장의 미래가 그처럼 낙관적이면 얼마나 좋을까 하는 바람은 직접 보는 과정엔 누구나 가져보게 된다. 가이드의 설명을 듣는 사람들의 눈빛도 서로 교차되며 많은 사연들을 주고받고 있었다. 모두 심중한 낯빛들이다. 하긴 그가 누구든 이 주저앉은 열차 잔해 앞에서 어찌 밝은 표정을 지을 수 있으랴, 이 나라 분단의 기나긴 세월, 앞으로 얼마만한 세월을 더 죽여야 이 열차가 뻥- 기적을 울리며 북으로 달릴지…….

"여기가 너의 할아버지 고향이지?"

한 젊은 여자가 곁에 선 남자에게 속삭이듯 묻는 말이었다.

"응. 반세기가 넘도록 할아버지가 한 번도 와보지 못한 고향이야. 은영아, 그런 고향을 고향이라 말할 수 있을까?"

남자의 목소리는 의외로 컸다. 마치 다 들으라는 듯.

"그거야……."

은영이 힐끗 남자의 표정을 살핀다. 그러고는 아랫입술을 한 번 감빨고 나서 말을 이었다.

"다시 보고 싶지 않은 고향이고 그래서 잊으려 했다면 그럴지도 모르지."

"그럼?"

"그러나 어떤 벽 때문에 와볼 수 없었던 고향이라면 문제는 다르지 않을까?"

"맞는 말이야, 할아버진 늘 마음속에 고향을 안고 사셨어. 단 한 순간도 잊지 않았던 거야. 난, 이 못난이는 그런 것도 모르고……."

남자는 은영의 손을 잡고 하염없이 산 너머 북쪽을 보고 있었다. 앞에 자동차 저지장치인 여러 삼각대가 가로 놓인 군용도로가 보였다. 이윽고 남자의 두 눈에서 주르륵 눈물이 흘러내렸다. 그 눈물을 씻을 염도 없이 두 줄기 철길이 더 이상 뻗어가지 못하고 끊어진 지점에 천천히 다가가 철길 끝에 무릎을 꿇는다. 그리고 부르짖었다.

"할아버지……."

다가간 은영은 오열하는 남자의 어깨를 살포시 그러안았다.

"충아, 진정해. 할아버지도 고향을 찾은 널 지금 보고 계실 거야."

군용도로 옆으로 뻗어간 우아한 산발들, 저 산발 너머 어딘가 할아버지가 계시는가? 사람들은 그때에야 두 남녀를 향해 얼굴을 돌렸다.

"진정하라니까, 사람들이 봐."

여자가 일렀지만 충은 또렷한 목소리를 냈다. 그것은 회한

이 가득 찬 음성이었다.

"내가 왜 할아버지 마음을 몰랐던지. 은영아, 난 불효자식이야. 할아버지의 속마음을 그때 다소나마 알았대도 그처럼 노엽게 하지 않았을 텐데……."

충은 뭇 사람들의 시선엔 별로 신경 쓰지 않았다. 어청어청 몇 걸음 앞으로 걸어 두 손을 입에 모아 쥐고 길게 외쳤다.

"할아버지 제가…… 손자 충이가 할아버지 고향에 왔어요……."

그 목소리엔 무엇을 이루어낸 긍지보다 자책이 더 짙었다. 사람들은 의아한 시선으로 서로 마주보고는 천천히 두 사람 주위로 다가왔다.

"저어…… 무슨 사연 때문인지, 말씀해 주시면 안 될까요? 오늘 관광오신 분들은 다 북녘에 대해 관심이 많은 분들입니다. 6·25 때 넘어온 실향민들도 계시고……."

가이드가 묻는 말이었다. 충은 고개를 끄덕였다. 가이드가 밝은 얼굴로 사람들을 돌아본다.

"여기 이 두 분은 북한을 떠나 한국에 입국한 지 6개월밖에 안 된 탈북자분들입니다. 왜 경원선이 끊긴 이곳에 와서 오열을 터트리는지 뭔가 알 것 같긴 합니다만 다행히 그 사연을 여러분들에게 말씀드리겠답니다."

요란한 박수가 터졌다. 충은 눈물을 씻고 사람들을 향해 돌아섰다.

*

신충의 할아버지 신덕순은 팔순을 눈앞에 둔 늙은이다. 그 나이에도 철붙이가 든 무거운 배낭을 지고 20km에 이르는 긴 구간을 살피는 철로감시원 일을 하셨다.

아들 신이철은 남쪽으로 원산 다음 역인 갈마화물역에서 화물열차기관사로 일했다. 그들이 사는 집은 갈마화물역에서 두 정거장 떨어진 안변에 있었다. 안변은 원산에서 평강에 이르는 강원선의 지선인 금강산청년선과 갈리는 지점이기도 했다.

충은 이철의 외동아들이다. 아내가 집에서 첫아들을 낳았을 때 이철은 아버지인 덕순에게 손자이름을 충이라 짓는 것이 어떠냐고 물었다.

"충? 충이란 이름 뜻이 뭐냐?"

왠지 신덕순의 표정은 어두웠다.

"충성 충(忠)자 아닙니까?"

"몰라서 묻는 게 아니다. 누구에게 충성한다는 거냐? 나라냐?"

"아버지도 참, 무슨 고리타분한 소릴 하십니까, 당과 수령이지요. 아버지도 제 이름자를 둘 이(二)자에 쇠 철(鐵) 자를 붙여 짓지 않았습니까?"

"그게 무슨 뜻인지 알고는 있고?"

"그거야 두 줄기 철길에 인생을 묻으라는 뜻이……."

"알긴 아는군. 사람으로 치면 철도는 나라의 동맥이다. 그래서 난 지금껏 철길을 받든 침목처럼 한생을 철길과 함께 살았다. 너처럼 누구에게 충성하기 위해서가 아니라……."

"아버지."

이철은 중도에서 아버지의 말을 잘랐다. 그러곤 습관처럼 주위를 살폈다.

"누가 듣겠어요. 내가 모르는 것도 아닌데 말씀은 가려서 해야지요. 설사 그렇다 해도……."

"이 자식, 너 아비를 가르치려 드느냐? 나라를 위해 산다는 것과 수령과 당에 충성한다는 건 차원이 다른 문제야."

"아버지, 난 다 압니다."

"뭘 말이냐?"

"오래전이긴 하지만 아버지가 왜 철도국 처장자리에서 물러났는지, 그리고 왜 지금까지 여기 한적한 안변 골 안에서 철로감시원으로 일하는지 말입니다."

"어디 말해 봐라."

"다 남쪽출신 이력 때문이 아닙니까?"

"그럼 내가 이 나이에 왜 부득부득 철로감시원 노릇을 하는지 그것도 알고 있느냐?"

"물러났어도 철도를 떠날 수 없는 마음의 충심을 당에 보여드리려 그러시겠지요."

"뭐라? 또 당이냐? 그럼 내가 지금껏 누구 눈에 들기 위해 저 넝마 같은 철길을 떠나지 못했단 거냐? 개 눈깔엔 똥밖에 안 보인다고…… 이런 못난 놈."

신덕순은 탁탁 곰방대를 재떨이에 털었다. 잠시 거친 숨소리가 흘렀다. 이철은 눈치를 보며 조심스럽게 말했다.

"아버지, 난 아버지가 그러셨음 해서 드리는 말입니다. 제발 자식들을 위해서라도 말씀은 가려서 하십시오. 네? 부탁입니다."

"한마디만 하자. 개인이든 기관이든 누구에게 충성을 바치겠다는 생각을 품는 순간 사람은 본심을 잃는 거다. 사람이 개냐? 네 얼굴은 대체 어따 구겨 박고 그 따위 아부를 아들에게 물려주겠다는 거냐?"

"다 아버지의 업보지요. 그렇게라도 해야 우리 집안에 대한 편견을 없앨 거 아닙니까. 아버지도 생각을 바꾸셨으면 합니다."

"무슨 생각?"

"남쪽 출신임에도 당에선 아버질 한때 강원도 철도국 처장이라는 직위까지 하사했잖습니까? 그것이 어떤 신임입니까?

글쎄 얼마 못 가 떨어지긴 했지만…….”

“신임? 이 녀석이 점점, 그건 내가 일시 필요해서 준 거였고 내 능력 때문에 받은 자리였다.”

“당에서 언제 능력을 위주로 간부를 등용했습니까? 아버진 왜 자꾸…….”

“그럼 그 신임이 하루아침에 적의로 바뀌어도 괜찮다는 거냐? 반역을 했다면 또 몰라, 너 명심해라. 난 그 알량한 신임 따위에 인생을 묻는 못난 놈이 아니다. 난 내 마음이 가리키는 대로 뭐든 선정하고 거기에 충실할 뿐이야.”

“아무튼 점점 위험한 소리만…… 아버지, 당 정책 공불 좀 하십시오. 그러다간 나나 우리 충이까지 위험하겠습니다.”

“됐다, 그만하자. 충이든 개든 네 밸 꼬이는 대로 이름 지어라, 상관하지 않을 테니.”

“지금 뭐라 하셨습니까? 어찌 갓 태어난 손자 앞에서 그런 말씀을…… 아버지, 나도 이젠 아들을 가진 아버집니다. 좀 우대해 주면 안 되겠습니까?”

“그게 네 애비다. 흐르는 물이 산으로 오르더냐?”

신덕순은 왝, 가래를 톱아내며 우뚝 일어섰다. 부자는 그런 싸움 아닌 싸움을 곧잘 했다. 충이가 커서도 마찬가지였다.

그런데 괴이한 일이 벌어졌다. 아버지와 할아버지가 티격태

격하며 지은 충이란 이름 때문에 아들 충은 초등학교에 입학하자마자 곤욕을 치르기 시작했다. 같은 반 개구쟁이들이 충이에게 식충이란 별명을 붙여놓고 놀렸기 때문이다. 식충이란 먹는 것밖에 모르는 친치를 이르는 말이다. 물론 충의 성인 신자가 식으로 변해 식충이란 별명이 붙었지만 내용을 모르면 진짜 식충으로 오해하기 십상이었다. 또 본인도 시도 때도 없이 충이 아닌 식충으로 불릴 땐 저도 모르게 열 받아 몸이 달았고 행패를 못하면 오장이 곪아터져 씹는 밥이 모래알 같았다.

당시는 고난의 행군 때라 사방 곳곳에 먹을 것을 찾아 동분서주하는 사람이 부지기수였고 그 우울한 사람들과 똑같이 충도 웃음을 모르는 어둡고도 침침한 아이로 변했다.

어쩌다 간혹 생기를 머금을 때가 있긴 했다. 그건 아버지의 기관차를 타고 두 줄기 철길을 달릴 때다. 차창으로 윗몸을 내밀고 맞받아치는 바람을 향해 야호- 하고 길게 고함을 지를 땐 모든 것이 다 바람에 씻겨간 듯 마음이 거뜬했다. 단, 이상한 것은 아들의 그러한 환호에 아버지가 아무 반응도 하지 않았다는 것이다. 갑자기 외통길에서 이빨을 드러낸 늑대라도 만난 듯 긴장한 표정으로 열차조종에만 열중했다. 제풀에 기분이 우울해진 충은 그런 아버지가 야속하기까지 했다.

중학생이 되자 신충은 독한 아이로 변했다. 아마도 그때가 속에 쌓인 울분이 복수로 변해 밖으로 마구 튀는 때였던 것 같다. 얼결이라도 식충이라 부르는 학우에 대해 신충은 자비를 몰랐다. 혹, 힘에 부친 애들에게 되레 얻어터질 때도 반드시 뒤에서 돌을 던지거나 기습적인 몽둥이찜질로 복수해야만 직성이 풀렸다.

그 때문에 보안서에 끌려가 장시간 두들겨 맞은 적도 한두 번이 아니었다. 그러나 그런 매 따위가 별명을 떼버리기 위한 충의 거친 행동을 멈추게 하지 못했다.

앙심 먹고 살쾡이처럼 날뛰는 충을 어느 날부터 동창들은 두려워하기 시작했다. 충보다 힘이 센 애들도 앙심 품고 마구잡이로 덤비는 충을 당할 수가 없었다. 그때부터 식충이란 죽기보다 듣기 싫은 별명이 점점 자취를 감추기 시작했다.

그러던 어느 날 다시 충의 울화를 터트린 '사건'이 학교나 길거리도 아닌 집에서 터졌다. 그건 고등중학교 졸업을 눈앞에 둔 때였다.

졸업하면 누구나 대학진학이 아니면 전문학교나 기술학교 또 돌격대나 군에 입대하는 계단에 서게 된다. 이때부터 소년이 아닌 성인으로 한 계단 올라 사회의 일원으로 동참해야 하는 주요한 때였다.

충이도 아버지처럼 기관사가 되기 위해 도소재지인 원산에 있는 기관사양성소에 이미 이름을 올렸고 입학시험까지 쳤다. 어려서부터 아버지의 기관차를 타고 맘껏 소리치며 바람을 가르던 낭만적 기분이 아마도 신충을 그렇게 하도록 인도했던 것 같다.

기관사양성소 합격통지서를 받고 너무 기뻐 토끼뜀까지 하며 집으로 달려왔다. 늘 밖에서 살다시피 하는 아버지는 또 열차를 몰고 나갔는지 집에는 할아버지와 병으로 자리에 누운 어머니만 있었다. 상관없었다. 신충은 방에 뛰어들자마자 할아버지의 품에 안겼다.

"이 녀석, 웬 일이냐? 무슨 좋은 일이 있냐?"

반신반의하는 할아버지에게 신충은 어리광을 떨며 말했다.

"할아버지, 나 오늘 기관사학교 입학통지서를 받았습니다."

"뭐? 뭐라구?"

"이 손자가 아버지처럼 기관사가 되게 생겼단 말입니다."

"다시 말해 봐라. 네가 기관사학교 시험을 쳤다 그 말이냐?"

"네, 그리고 합격했습니다."

충은 환희에 넘쳐 외쳤지만 그 순간 휘청하는 할아버지를 보았다. 쳐다보는 우멍한 눈길 또한 칼날 같았다.

“너, 이 녀석. 당장 그만두지 못해? 누가 너더러 그 따위 시험을 치라고 하더냐? 애비냐?”

“아니?”

신충은 놀라지 않을 수 없었다. 그렇게 노한 할아버지를 처음 보았다. 대체 왜? 기관사 집안에 기관사가 나오는 건 당연한 일, 맡은 혁명초소를 대를 이어 지키라고 한 것은 당의 방침이기도 했다. 그래서였던지 초등학교 당시만 해도 아버지는, 우리 집안은 너의 증조할아버지 때부터 철도와 함께 살아온 집안이라며 너 역시 철도를 중심에 두고 꿈을 키워야 한다고 입버릇처럼 말씀하셨다. 물론 할아버지는 그런 말을 일절 하지 않았다.

“할아버지, 방금 뭐라고 물었습니까?”

“너 이놈, 귓구멍에 말뚝 처박았느냐? 천하의 식충 같은 놈 같으니.”

“뭐? 뭐래요? 식충? 할아버지가 방금 날 보고 식충이라 했습니까?”

“그래 식충이다. 해 주는 밥 처먹고 기껏 생각했다는 게 넝마를 타는 거냐?”

“할아버지” 라고 부르는 신충의 눈에 불이 번쩍했다. 그건 예의를 떠난 반항이기도 했다.

신충은 세차게 문을 걷어찼다. 그러고는 천방지축 뛰었다.

뒤에서 "충아, 저녁밥도 안 먹고 어딜 가?"라는 어머니의 병약한 말도 듣지 못했다. 당장 찾아가 하소연할 곳도 없지만 그냥 향방 없이 뛰었다. 멈춘 순간 다시 떼는 발길은 어느 새 은영이를 찾아가고 있었다. 은영은 같은 반 학생으로 그의 단짝 친구다. 둘만 있으면 주저할 것도 못할 소리도 없었다. 조금은 서늘한 강바람이 부는 둔덕에 앉아 왜 그렇게 노래기 씹은 우거지상이냐는 은영의 물음에 충은 가슴을 치며 경과를 하소연했다.

"들어보니 너의 할아버지가 옳은 말씀 하셨네, 뭐."

격한 충의 심정은 아랑곳없이 은영이가 입을 삐죽하며 한 말이다.

"왜? 너도 내가 기관사가 되는 게 싫어?"

"당연히 싫지. 그거 뭐 하러 해?"

"야, 기관사 집안에서 기관사가 나오는 건……."

"됐어, 그만. 무슨 개뿔 같은 소릴 해? 때가 어느 땐데, 지금 당이란 곳에서 이래라 하면 이러고 저래라 하면 저러는 사람이 어디 있니? 너 말고는……."

"그것만은 아니야. 내가 하고 싶어 자원한 거야."

"그러니 철딱서니가 없다는 소리지. 너, 그럼 할아버지에게 학교 졸업 후 진로에 대해 한 번이라도 여쭤 본 적이 있니? 없지? 말 들어보니 다 알겠네. 그리고 너의 할아버지가 왜 기관사가 되는 걸 반대하는지 그 이유는 알고 있어?"

"몰라."

"모르면서 왜 그래? 그것부터 물어봐야 하는 거 아니니?"

"그렇긴 한데…… 넌 뭐 좀 아는 거 있니?"

"너의 할아버지 진짜 멋있다야, 호호."

은영이가 웃으며 하는 왕청 같은 말이었다.

"얜 무슨, 새빠지게 동문서답이야. 돌았어?"

"왜, 내 말이 틀려? 여느 철도 집안 할아버지 같으면 이럴 텐데…… '어험 우리 집안은 대대로 철도부문에서 일한 집안이다. 그럼, 그럼, 그렇구 말구. 그러니까 철도 집안 자손이면 당연히 철길 밑에 깔린 침목처럼 비가 오나 눈이 오나 묵묵히 당을 받들어야지. 너, 생각 잘했다. 내 오늘 밤은 다릴 쭉 뻗고 잠들 수 있겠구나, 암.' 이랬을 거 아니니? 너의 할아버지처럼 철길을 사랑하는 분 또 어디 있니. 연로보장을 받은 지금도 철길밖에 모르시고, 그런데도 너의 기관사학교 입학을 반대한다면 무슨 피치 못할 사정이 있는 거 아니겠어?"

순간, 신충은 뭔가 짚이는 것이 있어 흠칫했다. 그도 알고 있었다. 할아버지 고향이 남강원도 어디였다는 사실을, 그렇다면? 이상했다. 혹, 나쁜 반동분자? 그렇지 않고는 이럴 수가 없다. 어느 해인가, 경원선 철도건설 제안을 남조선 쪽에서 다시 제안해 왔다며 그리고 우리 철도국이 지금 합의점을 찾고 있다는데 그게 사실이냐고 할아버지가 아버지에게 물었다. 그저 슬쩍 지나가는 투로 물었지만 할아버지의 안색엔 말 못할 간절함이 어려 있었다. 아버지 역시 그걸 제꺽 알아본 것 같았다.

"아버지, 제발 그런 질문 어디 가서 하지 마십시오. 한 번 피해를 보시고도 아직."

"왜? 묻는 것도 죄냐?"

"아시잖습니까. 그건 어디까지나 당에서 결정할 일이고 아직 결론이 나지 않은 이상 괜히 밑에서 떠들어봤자 사상이 틀려먹은 사람으로 점 찍힐 수 있다는 걸, 더욱이 아버진 이런 때일수록 조심해야 할 분 아닙니까?"

"이런 고얀 놈, 너까지 이 애비의 출신에 침 뱉는 거냐?"

"현실이니까요. 아버진 우리 식구가 걱정되지도 않습니까? 제발 좀 자중하십시오."

그때 할아버지의 눈에 말 못할 서글픔이 한껏 어렸던 것을 충은 어렵지 않게 알아보았다. 아버지가 너무해 보였다. 그냥 물은 것뿐인데 왜 그렇게 비약을 하는지, 아버지 역시 할아버지의 출신 때문에 마치 살얼음을 딛고 강을 건너는 사람처럼 매우 조심하고 있다는 것을 충은 그때 처음 느꼈다.

그러나 지금 돌이켜 보면 할아버진 분명 당에 대해 어떤 지울 수 없는 반감을 가지고 있는 것이 분명했다. 기관사가 되겠다는 손자를 식충으로까지 몰아가는 바탕이 과연 그런 이유 때문이라면? 갑자기 온몸이 얼어들었다.

충은 슬쩍 은영을 살폈다. 은영이도 어쩐지 할아버지와 비슷한 사람 같다. 손자도 이해 못하는 할아버지의 모난 행동을 대뜸 멋있다고 추켜세우는 애다. 슬쩍 물었다.

"너도 날 식충으로 생각하니?"

키드득, 은영이가 입을 싸쥐고 웃었다.

"얘, 너 식충이란 말이 그렇게 싫니? 하긴 얼마나 싫었으면 피투성이 싸움질까지 서슴없이 했겠어. 그 때문에 내가 네게 홀딱 빠지긴 했지만."

충이도 피씩, 웃었다. 그리고는 어깨를 으쓱했다.

"정말 그때 내가 그렇게 멋있었어? 홀딱 빠질 정도로?"

"그랬지. 누구에게도 의존하지 않고 제 문젤 피투성이가 되면서까지 해결하려 드는 그 기개가 멋있지 않음 뭐가 멋있니? 그게 남자지."

"뭘 그쯤 한 걸 갖고, 글쎄 멀쩡한 놈을 식충으로 몰아가는데 가만있을 내가 아니지."

"그렇긴 한데 말이야. 지금은 진짜 식충 같아."

"뭐야?"

"그렇잖니. 아까 뭐랬어? 기관사 집안에서 기관사가 나오는 게 당연해? 그건 대체 누구 말이니?"

"그건 당의 말이다"라고 충은 하마터면 소리칠 뻔했다. 하나 빤히 쳐다보는 은영의 눈길에 목젖까지 나온 그 말이 도로 쏙 들어갔다. 왠지 모른다. 아마도 그건 어떤 알 수 없는 실체가 이미 저도 모르는 사이 몸에 배여든 결과인지도 모른다. 은영은 계속 조잘거렸다.

"충아, 지금은 내가 벌어 내가 먹는 시대야. 주린 배를 달래며 당의 방침이랍시고 그 관철에 혼신을 쏟는 것만큼 어리석은 일이 어디 있니. 당에선 그러길 바라겠지만 내 코가 석잔데 뭘 주는 것도 없이 그러는 자체가 궤변 아니니? 그런 면에서 너의 할아버진 현명한 분이야. 네까짓 게 할아버지 속마음을 어떻게 알아. 너 진짜 정신 차리지 않다간 내 친구 못 된다. 가서 할아버질 만나보고 우리 다시 마주 앉자. 응? 나, 간다."

"응."

얼결에 대답했지만 생각은 달랐다.

'잰 대체 뭐지? 제길 선생님 같네.' 무슨 정신에 응, 했는지도 모른다. 사실 충은 은영의 말이라면 팥으로 메주를 쓴대도 응, 하고 대답해야 할 이유가 있다.

은영은 평범한 안변농장 농민집안의 딸이다. 농사짓는 집이래도 식량이 부족해 장사나 소 토지를 일구지 않으면 굶기를 밥 먹듯 해야 하는 현실이지만 왠지 은영의 주머니엔 늘 돈이 마르지 않는다. 소문엔 중국에 친척이 있어 위안화를 보내온다고도 했고 행불된 맏언니가 저기 남쪽 서울에 둥지를 틀고 앉아 먹을 만큼 달러를 보내온다고도 했다.

그 정도 소문이면 벌써 보위부나 보안서구류장 직행감이지만 어인 일인지 그런 일은 일어나지 않았다. 솔직히 은영과 연을 맺은 후 충은 신세를 많이 졌다. 학용품도 겨울 장갑도 양말도 스케이트도 다 은영이가 해결해 줬다. 배고프면 시장에 나가 호빵이며 마른 낙지(오징어), 비싼 순대며 팥고물 묻힌 찰떡까지 냠냠, 사주는 대로 쩝쩝, 달게 먹었다. 그 고소한 맛이란…… 이어 불룩해진 배, 용솟음치는 힘. 그쯤 되면 은영이가 어떤 야료를 부려도 반감보다 응석을 부려야 할 처지다. 늘 그랬었지만…… 지금도 마찬가지다. 누구 명령인데 감히…….

보이지 않을 때까지 멍청히 은영의 뒤태를 지켜보던 충은 어서 집에 가 할아버지 말씀을 들어봐야겠다고 생각했다. 그래야 계속 은영의 곁에 있을 수 있으니까.

아앗? 돌아서는 순간 충은 놀라 하마터면 주저앉을 뻔했다. 언제 오셨는지 어머니의 서늘한 눈길과 정면으로 마주쳤기 때문이다. 어쩌면 잔뜩 성난 눈길이었다.

병석에 누웠던 어머니지만 집을 뛰쳐나가는 아들을 곧장 따라오셨던 것 같다.

“앉아라.” 모자는 방금 앉았던 풀밭에 앉았다. 강 쪽에서

싱그러운 바람이 불어왔다.

"충아!" 어머니가 나지막한 목소리로 불렀다.

"예?"

"다 큰 손자가 어찌 연로한 할아버지에게 그런 불손한 행동을 할 수가 있지? 난 오늘처럼 네게 실망해 본 적은 없었다."

"잘못했어요."

아마 은영일 만나보지 않았다면 충에게서 그런 대답은 나오지 않았을 것이다.

"반성하는 거냐?"

"버릇없이 군 건 반성합니다. 그럼 어머니가 한 번 대답해줘요. 집안의 대를 잇겠다는 손자의 행동을 할아버지가 왜 그토록……."

"그런 것까지 엄마가 알려줘야 하겠니? 90년대나 2000년대라면 또 모르겠다."

"무슨 말입니까?"

"이 녀석아, 너도 저 은영이처럼 세상 물정에 밝으면 얼마나 좋겠니. 하긴 우물 속 개구리처럼 바깥세상을 모르니 그럴 수밖에 없지만, 내 잘못이 크다. 나하고 어디 좀 가자, 따라 서거라."

충은 앞서 걷는 어머니를 말없이 따랐다. 이유는 모르지만 지금 어머니에게선 평소에 보이지 않던 범접 못할 엄엄함이 무섭게 풍기고 있었다.

얼마 안 걸어 두 줄기 철길이 까마득히 뻗은 철로에 들어섰다. 어머니가 철길을 가리켰다.

"충아, 그 레루(레일)의 윗면을 자세히 봐라."

충은 어머니의 말대로 철길 면을 꼼꼼히 살폈다.

"할아버지가 네게 왜 기껏 생각했다는 게 넝마를 타는 거냐? 하고 말씀하셨는지 그 답은 그 레루 면에 있단다."

"난 모르겠는데요."

"다시 살펴봐라. 이면을…… 설명해 주랴?"

"예."

"열차바퀴의 면은 수평이다. 따라서 레루 면도 거기에 맞게 수평이 돼야지. 그런데 이 레루는 얼마나 많은, 얼마나 오랜 세월 열차가 달렸으면 안쪽이 닳고 닳아 내려앉기까지 했겠냐. 바깥쪽도 마찬가지다. 하도 오래돼 면이 수평이 아닌 둥근 형태로 변했고, 전반적으로는 많이 좁아졌어. 옷이나 신발에 비하면 벌써 넝마가 된 지 오랜 레루란 말이다."

무슨 말인지 그때야 알 것 같았다. 아버지가 모는 열차를 탔을 때 좌우로 심하게 흔들리고 그럴 때마다 브레이크를 당겨 속도를 죽이던 아버지의 긴장한 모습이 얼핏 스쳐왔다. 그 때 아버지의 이마엔 굵은 땀이 송골송골했다. 초긴장상태였다는 증거였다. 그런 것도 모르고 아들은 심한 흔들림이 좋다고 야호- 소리까지 쳤다. 또 생각났다. 화물역에 아버지 보러 갔을 때 출차하는 기관사들을 향해 대기 중인 기관사들이 "여, 칠성판 등에 졌다 생각하고 조심하라 알겠어?" "살아 돌아온 자넬 보고 싶네" 하던 인사말 아닌 인사말이었다.

"어머니, 그럼 이 레루가 수명이 다 된 지 오래라는 소린데 왜 바꾸지 않지요?"

"충아, 레루 생산은 그 나라 강철공업역사와 맞먹는 첨단기술이 필요하다 들었다. 우리나라 수준으로는 아직 이런 레루를 생산하지 못 한다는 말이다."

"그럼 이 레루는 어느 나라에서 가져온 겁니까? 그 나라에서 또 가져오면 될 걸."

"철없는 녀석, 그건 철도성에 가서 물어야지. 어디 가서 함부로 말할 건 못 되지만 이 레루는 왜정 때 우리나라를 강점한 일본 놈들이 놓고 간 레루다. 알겠냐?"

어머니의 마지막 말은 낮았지만 충은 놀라 소리를 질렀다.

"아니? 그때부터 얼마나 많은 세월이 흘렀는데 아직?"

그러고는 열 손가락을 펴 하나하나 꼽았다.

"소릴 낮춰라. 무슨 자랑거리라고…… 넝마도 이런 넝마는 없지. 이젠 알겠냐?"

"뭐를요?"

"할아버지가 왜 기관사가 되겠다는 너를 질책했는지를 말이다."

"어머니, 그래도 할 건 해야지요. 위험하다고 물러서면 그게 당의 전사입니까?"

충은 어깨를 펴며 당당하게 외쳤다.

"이런 덜 떨어진 녀석, 하긴 네가 한생을 철길에 바친 할아버지의 고충을 어찌 다 알겠냐. 그만 가자."

집으로 발길을 돌리고 몇 걸음 걸었을 때 충은 또 물었다.

"어머니, 그럼 할아버진 왜 지금도 그 무거운 레루못 배낭을 벗지 않는 겁니까? 누가 나오라는 사람도 없는데…… 그게 다 당에 충성하려고 그러는 게 아니란 말입니까?"

"그게 알고 싶냐?"

"예, 알고 싶습니다. 어쩐지 말과 행동이 다른 것 같아서요."

걸음을 멈추고 아들을 바라보는 어머니의 눈길엔 실망보다 측은함이 서렸다.

"넌 원산에서 평강까지 이르는 이 철길노선 이름이 뭔지는 알고 있냐?"

"강원선 아닙니까? 그것도 모를까 봐서요?"

"강원선이지만 할아버지에겐 강원선이 아닌 경원선으로 인이 박혀 계실 거다."

"경원선이요? 그게 무슨……."

"원래는 남조선 서울에서 우리나라 원산까지 연결돼 있던 철도란다. 지금은 잘렸지만, 서울의 예전 이름이 경성이었거든."

"그래서요?"

"할아버진 이 경원선에 한생을 묻으셨다. 너의 증조할아버지 때부터…… 남쪽에 고향을 둔 할아버진 분단 이후 단 한 번도 고향에 가보지 못하셨다. 젊었을 적 한때 기관사로 일한 할아버지가 지척에 고향을 두고 평강에서 돌아설 때 그 마음이 어땠겠니?"

"그거야 뭐, 빨리 남조선에서 미국 놈들을 몰아내고 통일을 하면……."

"충아!"

그 순간 강렬한 어머니의 부름에 충은 흠칫했다.

"너는 이 넝마 같은 철길을 남조선까지 연결하고 싶은 거냐?"

"그게 무슨 말입니까? 엄마." 충의 입이 반쯤 벌어졌다.

"너도 다 컸으니 해 줄 말은 해 줘야겠구나. 난 말이다. 나라가 발전하려면 견본이 있어야 하고 견본보다 앞서겠다는 생각과 그에 동반된 경쟁력을 갖춰야 되는 걸로 안다. 우리 삶도 그렇잖니? 잘 사는 집이 있어야 잘 살 수 있는 비결을 알게 되고 알면 빨리 가난을 털게 되겠지. 영선반보(領先半步)라는 말처럼 성공하려면 반걸음만 앞서 가라 했다. 그러자면 겸손과 자중, 배우려는 열정이 필요하지 않겠니? 그런데 뭐가 거슬린다고 또 이념상 아니 자욕에 의한 욕심만으로 구태의연한 정책노선만 추구한다면…… 충아, 견본을 부숴버리면 건질 건 가난밖에 없지 않겠니?"

"저…… 어머니, 그럼 남조선이 그렇게 견본이 될 만큼 발전된 나라입니까?"

"충아, 은영일 봐도 모르겠니? 그 애 언니가 서울에 정착해 돈을 보내온다는 건 이젠 비밀도 아니다. 여기서 살 땐 끼니 걱정밖에 모르던 그 언니가 그렇게 큰돈을 어떻게 벌겠니? 몸담은 사회가 발전되지 않았다면 어림도 없는 일이지. 엄마를 봐라. 몇 천리 밖 국경으로 행상을 다녀도 누구에게 보낼 돈은커녕 하루 세 끼 때거리도 벌어오지 못하잖니."

"어머니, 아무리 아들 앞이어도 그런 말씀은 좀 삼가……."

"뭐? 부전자전이라고 어쩌면…… 그럼 묻자, 너도 은영일 경계하기보단 친구로 또 동반자로 생각하고 그 애가 하는 말이면 뭐든 듣는 줄로 아는데…… 왜지?"

"그거야……."

"내가 말해 볼까? 갖고 싶은, 엄마가 사줄 수 없는 것을 그 애가 다 사 주니 그런 거잖니."

"그것과 어찌 같습니까? 이건 나라와 나라간의 일인데……."

"원리는 같다. 잘 살려면 부술 것이 아니라 동반자가 돼야지. 남쪽엔 벌써 시속 300km로 달리는 고속열차가 달린 지 오래다. 우리열차는 시속 80km라지만 4-50, 최대 60밖에 달릴 수가 없다. 그것도 목숨을 걸고…… 우리나라엔 삼백짜리 고속열차도 없거니와 설사 있다 해도 넝마가 된 레루가 받쳐주지 못한다. 최근 남조선은 시속 430km열차를 만들어 세계 4위 고속열차 보유국가가 됐다는구나."

"와- 시속430km? 그건 달리는 게 아닌 날아요, 날아."

"왜 놀라지? 너, 방금 부숴 버린다고 하지 않았니?"

"아니요. 무슨 바보 같은 소릴? 부수다니요. 신나게 타야지요."

충은 저도 모르게 소리쳤다. 그 순간 왜 아버지의 고물열차가 혜성처럼 떠오르고 이죽거리던 은영의 모습이 또렷이 눈앞을 스치는지, 적이 곧 친구가 되도록 어떤 묵직한 실체가 휘휘 몸을 감는 느낌에 충은 껍질을 벗는 송충이처럼 부르르 몸을 떨었다. 다시 엄마의 말이 귀를 울렸다.

"명심해라. 부숴 버릴 건 낡고 더는 쓸모없는 거다. 저 레루처럼."

강렬한 눈길로 보는 어머니가 갑자기 미지의 세계에서 온

낯선 사람같이 느껴지기도 했다.

"어머니!" 충은 격해 불렀다. 그 부름은 마치 다른 사람이 부른 것처럼 멀리에서 울리는 메아리처럼 들렸다.

"대체 어머닌 어디서 그런 엄청난 말을…… 혹, 잘못 들은 거 아닙니까?"

"충아, 엄마는 자식에게 거짓말을 하지 않는다. 넌 팔순에 가까운 할아버지가 아직도 등에서 철 배낭을 벗지 못하시는 이유가 뭐라고 생각하니?"

"그, 그건 철길을 받든 침목처럼 당을 받드는 충신으로 남고 싶어 그러는 거 아닙니까?"

뻗긴 했지만 아까처럼 자신감이 배이지 못한 말이었다.

"후……." 어머니는 어두워지는 하늘을 올려다보며 깊은 한숨을 내쉬었다.

"충아, 할아버진 언제 전복될지 모를 열차에서 사는 아버지의 안전을 위해 철길을 떠나지 못하시는 거다. 떠나지 않는다고 넝마가 된 철길이 달라지진 않겠지만 철길을 받든 침목에 못 하나라도 더 박아주고 싶어 지금도 못 배낭을 등에서 내리지 못하시는 거다. 그게 부모의 마음이 아니냐? 그런데 그 위험천만한 철길로 너까지 달리겠다고 하니 할아버지의 실망이 오죽했겠니?"

"그런 걸 난, 하지만 아직 전 뭐가 뭔지 모르겠어요. 난 학교에서 지금껏 충신이 되자면 일신의 모든 것을 버려야 한다고 배웠습니다. 그래서 그렇게 살자고 노력하고 있고요."

"충아, 인생은 바람 따라 흘러가는 구름이 아니다. 너는 너일 뿐이다. 넝마를 따르다 넝마가 된 인생을 먼 훗날 후회 말고…… 너, 은영일 따라 가거라."

"예? 어디로요? 은영이가 어딜 떠나요?"

그 순간 어인 일인지 할아버지의 의중을 모르면 넌 내 친구가 될 수 없다던 은영의 예사롭지 않은 말이 귓가를 스쳤다. 그건 은영에게서 처음 들어보는 말이었다.

"너 해가 져 어두워진 저 서쪽 하늘을 봐라. 져 버린 해는 더 이상 태양이 아니란다."

"그게 무슨?"

"엄마도 더는 식구들의 생계를 책임질 수가 없게 됐다. 엄마의 국경장사도 이젠 끝이 났다. 희망이 없어, 병들었고. 넌 반드시 국경을 넘어 남조선으로 가야 한다, 알겠느냐?"

"그게 무슨 말입니까? 그럼 지금 엄마가 아, 아들더러 반역을 하라 권하는 겁니까?"

"충아, 물은 곬이 있어야 바다로 가고 제방이 튼튼해야 호수가 제 구실을 하듯 꿈도 펼칠 마당이 없으면 실현될 수 없다. 할아버지의 고향으로 가거라. 그게 엄마의 간절한 소원이고 부탁이다. 네 꿈을 이룰 수 있는 곳으로 가는 것이 왜 반역이란 말이냐? 그건 이념이 만들어낸 궤변일 뿐이야. 나라를 위한다는 것이 대체 뭐냐? 이 경원선이 잘린 그때부터 반세기가 넘도록 왜 이어지지 못하는지 넌 알고 있느냐?"

"아니, 제가 그걸 어찌?"

"이 경원선이 이어지면 남쪽 열차가 들어오고 원산에서 다시 함경선을 타고 국경 밖으로 나가게 된다. 그러면 자연히 잘 사는 남쪽 현실을 이곳 사람들이 알게 되고 그리 되면 왜놈들이 버리고 간 철로 하나 바꾸지 못한 노동당의 '위상'이 어찌 되겠니? 나라 철도가 깡그리 망가져도 그것만은 절대 허용할 수 없는 것이 네가 그토록 떠받들려는 노동당의 정책이다. 충아, 사람은 나라가 아닌 어떤 집권자들에게 혼을 뺏겨선 안 돼. 평생을 경원선 철도에 바친 너의 할아버지 마음속엔 하나 된 나라밖에 없었다. 지금도 이 경원선이 이어지길 간절히 바라시며 묵묵히 철로를 걷고 계시지. 18년 전인가? 남조선대통령이 처음 여기 왔을 때, 그때 남쪽에서 제의한 경원선 철도연결을 환영했던 분도 할아버지였고…… 그것 때문에 해임돼 철로감시원이 됐지만…… 아까도 말했지만 너는 너고 그런 할아버지의 하나뿐인 손자다. 내 말 무슨 말인지 알아듣겠니?"

"모르겠어요. 그러면서 내 이름을 왜 충이라 지었습니까, 사람은 이름을 따라간다는데, 씨."

*

충은 말을 끊고 앞에 선 사람들을 둘러보았다. 그 얼굴엔 본인 스스로도 억울하다는 표정이 진했다. 어린 나이에 얼마나 세뇌 당했으면 그 정도로 아둔했던지……. 그러나 어떤 현실도 제자리에 마냥 머무르진 않는다. 누가 지는 해를 다시 떠오르게 하랴, 그건 새날이 와야 가능한 것이었다.

충이 세상을 다시 보게 한 결정적 사건이, 아니 반역으로 생각했던 어머니의 부탁을 비로소 가슴에 새기게 된 일이 며칠 후 불시에 일어났다.

안변과 갈마화물역 사이에서 일어난 열차전복사고는 아버지의 귀중한 목숨을 빼앗아 갔다.

그 철길노선은 기관사가 될 꿈을 키워온 충의 순진했던 흔적이 진하게 배인 철길이었다.

"내가 학교 갈 때나 돌아올 때 밟고 다녔고 기관사가 될 꿈을 키웠던 그 철길이 결국 아버지를 쓰러뜨리는 살인병기였음을 난 아버지를 잃고 나서야 알았고 비로소 내 허망한 꿈에 대해 돌아보지 않을 수 없었습니다. 넝마보다 못한 레일에 인생의 젊은 꿈을 실었던 내가 그때 얼마나 참담하던지, 정말 나는 사리분별을 모르고 먹을 줄 밖에 모르는 식충이었습니다. 그건 그야말로 별명이 아닌 내 이름이었죠. 그런 나를 두고 할아버진 얼마나 속을 태웠겠습니까, 얼마 후 아들을 잃은 할아버지도 자리에 누워계시다 끝내 숨을 거두셨습니다. 달라진 손자의 심중에서 나오는 말 한마디 들어보지 못하시고 다시 되돌아오지 못할 곳으로 떠나신 할아버지의 묘 앞에서 난 새롭게 내 앞길을 정했습니다. 할아버지가 생전에 다시 밟아보지 못한 고향에 와서 끊어진 경원선이 다시 부활할 이 터전에 나의 젊은 꿈을 묻겠다는 생각이 결심으로 굳어지자 난 주저하지 않았습니다. 물론 여기 은영이가 없었다면 그 모든 것이 불가능했겠지만 말입니다."

박수가 터졌다. 그것은 안도와 진심이 어린 축하의 박수였다.

"젊은이, 남쪽에 잘 왔어. 내게 가까이 와 보게."

할아버지 한 분이 충을 손짓해 불렀다. 곁에 다가가자 와락 포옹부터 한다.

"난 전쟁 때 아홉 살에 월남한 사람이야. 고향도 원산이고, 한뉘 이 경원선 철도국 산하에서 일을 했지. 지금은 늙어 이렇게 관광이나 다니지만…… 젊은이, 하나 물어도 되겠나?"

"네, 그러십시오."

"그토록 사리에 밝으신 어머님은 지금 어디 계시나? 같이 오셨나?"

"저…… 어머니는…… 흐흑…… 어머니도 그만 돌아가셨습니다."

"할아버지, 어머님은 식구들의 생계를 위해 비가 오나 눈이 오나 변변히 잡숫지도 못하고 먼 국경 쪽으로 행상을 다니시다 끝내 병을 얻으셨어요. 충에게 할아버지 고향에 가라고 말씀하실 때 이미 어머님의 병은 깊으셨습니다. 그래서 어머님은 충에게 그런 부탁을……."

은영이도 말하다 말고 손으로 얼굴을 감싸 쥔다. 심하게 어깨가 떨렸다.

"에쿠, 이거 내가 묻지 말아야 할 걸 물었구먼. 미안하네. 그러고 보면 어머님의 그 사리 정연한 말씀이 아들에게 한 마지막 유언이었군 그래, 천만 번 지당한 말씀이여. 지금도 여기 한국에선 경원선 연결이요 경의선 연결이요 하고 떠들지만 그것 자체가 통일의 서문인데 어떻게 실현될 수 있겠나? 혹, 말이야 북한정권이 적화통일의 야망을 버린다면 또 몰라…… 아니, 아니야. 절대 못 버려, 그걸 버리면 망사일 정권이 아니지. 암, 아니지 그럼."

노인이 절레절레 머리를 흔든다.

"할아버지 망사일이 아니고 미사일이에요." 같이 온 손녀인 듯싶은 어린 여자애의 말이다.

"아니야, 이 녀석 망사일이 맞거든. 이제 봐 그놈의 미사일 때문에 제 똥물에 주저앉아 콱, 망하지 않나. 두고 보라니까. 내 말이 틀리나."

모두들 웃었다. 무거운 분위기가 대뜸 해소되는 순간이었다.

"맞습니다, 어르신. 망사일이 맞습니다."

여럿이 합창으로 노인의 말을 긍정했다.

"그렇고말고…… 백 번 맞는 말이지, 내 오늘 이 월정리역에 와보고 싶어 오금이 쑤시더라니, 아마도 여기 북한 젊은일 만나려고 하늘이 계시를 내렸던가보네 엉? 허허허. 여러분들, 저기 저 단풍진 산발들을 살펴보시게나. 내 눈엔 어쩐지 단풍보다 기슭을 덮은 무수한 잡초들이 더 먼저 보이네만……."

모인 사람들의 시선이 약속이나 한 듯 노인이 가리킨 산기슭에 쏠렸다.

다음 순간 사람들의 정겨운 시선은 노인과 함께 단풍이 아닌 잡초들의 푸른 모습에 오래도록 머물러 있었다.

추가령 높은 고개

도명학

도명학

1965년 북한 양강도 혜산에서 태어나 김일성종합대학 조선어문학부 창작과를 수료했다. 한국소설가협회 월간지 『한국소설』로 등단했다. 국내 발표작품으로 소설집 『잔혹한 선물』과 시 「곱사등이들의 나라」 「외눈도 합격」 「철창 너머에」 「안기부소행」 등이 있고, 에세이 「휴대폰이 없었으면 좋겠다」 「시(詩)야? 암호야」 「사라져가는 이웃사촌」 등 백여 편이 있다. 북한 인권을 말하는 남북한 작가 공동 소설집 『국경을 넘는 그림자』 『금덩이 이야기』 『꼬리 없는 소』 『단군릉 이야기』와 『한중대표소설집』에 참여했다. 전 조선작가동맹 소속 시인, 반체제작품 혐의로 북한 국가안전보위부에서 삼 년 투옥하고, 2006년 출옥 후 탈북 및 국내로 입국했다. 현재 자유통일문화연대 상임대표, 한국소설가협회 회원이다.

1

1998년 늦봄이었다. 평나선(평양-나진)철로로 동해를 따라 서리 맞은 뱀처럼 느릿느릿 기어 내려온 혜산발-해주행 제38준급행열차가 고원역에 24시간째 발이 묶여 있었다. 고원역은 강원도와 인접한 함경남도 최남단 주요기술역이다. 이제부터 가장 열악하기로 소문난 강원선이 시작된다. 그런데 강원선 초입부터 고투가 시작된 것이다. 함남 최북단 단천역에서 연결된 기관차는 열차를 끌고 고원역까지 내려와 임무가 끝났고 북행열차를 끌고 다시 북상했다. 이제는 고원역에서 다른 기관차가 강원선과 청년이천선을 거쳐 황해도 사리원역까지 끌고 갈 순서다. 하지만 기관차가 없어 언제 여유가 생길지 무한정 기다려야 할 판이다. 고원기관차대가 보유한 기관차 대부분이 파철덩어리나 다름없었다. 가동할 수 있는 기관차가 몇 대 되지 않았다.

"젠장. 기차대가린 어떤 새끼가 다 삶아 먹었나."

창밖을 내다보며 인호가 투덜거렸다.

"아까는 기관차 한 대가 나타나 뿡뿡거리며 왔다갔다 하길래 난 또 우리 차에 연결할 줄 알았지. 근데 평양-두만강 최대급행이 들어오니까 그걸 달고 냅다 달아나잖아. 이차는 제일 똥차라서 대가리를 더 안 달아주나."

옆에서 명수가 말을 받았다.

"원래 그렇지 뭐. 그건 1열차고 이건 38열차, 번호만 봐도 아찔하게 뒤처졌으니까."

강원선은 혜산-해주, 함흥-사리원 간 여객열차 둘밖에 운행하지 못한다. 그마저도 정전이 잦고 기관차가 모자라 며칠에 한 번 다니는 꼴이다. 혜산-해주행은 백두산 인근 압록강 기슭 혜산을 출발해 길혜선(길주-혜산)과 평나선(평양-나진)의 동해안노선을 따라 강원선을 경유해 '청년이천선'에 이어져 사리원에 이른다. 여기서 경의선을 이탈해 해주까지 가야 끝나는 운행거리가 가장 긴 열차다. 반면 함흥-사리원열차는 함흥에서 사리원까지로 운행구간이 훨씬 짧다. 당연히 혜산-해주 간 열차에 승객이 더 많을 수밖에 없다. 그것도 평나선 구간은 급행으로 달리지만 강원선에 들어서면 역마다 전부 정차하는 완행열차로 변한다. 준급행인 것이다. 원래는 강원선에 평양-고원-원산-안변-고산-세포-평강을 운행하는 제13,14급행열차가 주요열차였다. 그러나 강원선 여건이 악화되면서 비교적 상태가 양호한 평양-원산 구간만 다니는데 그쳤다. 강원선의 기본구간인 옛 경원선 철원 이북 원산-평강 구간은 포기하고 만 것이다. 강원선은 함경남도 최남단 고원역에서부터 북강원도 평강역을 잇는 145.1km 노선이다. 이 철길은 강원도의 천내, 문천, 원산, 안변, 고산, 세포, 평강 등의 넓은 지역을 거쳐 청년이천선과 이어져 황해도로 간다. 국토분단이 경원선 북쪽구간을 강원선이라 불리는 구간에 흡수시킨 모양새다. 그래선지 모르나 분단의 곡절만큼이나 이 구간은 돌발적인 사고와 사건이 많았다.

열차운행상태는 한심하기 짝이 없다. 무엇보다 전력난이다. 겨우 몇 개역을 가면 정전이 되고 한 번 정전이 되면 몇 시간은 보통인데 옹근 하루 이상 전기가 들어오지 않을 때도 있다. 이 지역은 눈에 띌 만한 산업도 없다. 산간지대여서 농업도 보잘것없다. 그만큼 물동량도 적을 수밖에. 당연히 전기 공급이 늘 뒷전으로 밀린다.

38열차에는 혜산광산 사람들이 많았다. 식량가격이 싼 곡창지대인 황해도지역에서 쌀과 옥수수 같은 것을 사서 혜산에 가져다 팔아 남겨먹는 사람들이다. 식량배급이 끊긴 탓에 자체로 벌어먹을 수밖에 없는 것이다. 광산에 일하러 나가지 않아도 통제할 상황이 못 되었다. 열차에 타고 있는 광부들 대다수가 젊은 제대군인들이었다. 엊그제까지 군복을 입고 있던 사람들이 광산에 배치되어 장가들고 신혼살림을 폈지만 먹을 것이 없어 장삿길에 나선 것이다. 아직 아기가 없는 젊은 아내들은 신랑과 함께 다녔다. 여행증도 차표도 없이 그냥 막무가내로 차에 올랐다. 단속하는 쪽도 어쩔 도리가 없다. 여행증과 차표를 검열할 때면 망설이는 기미도 없이 우린 제대군인이고 혜산광산 다닌다고, 황해도에 식량구입 간다고 천연덕스럽게 대답할 정도다. 승무보안원(철도경찰)과 열차원들은 아직 몸에서 군대물이 빠지지 않고 뻣뻣한 족속들이라 껄끄러워 웬만하면 그냥 넘어가곤 했다.

무임승차하는 사람들은 이들뿐이 아니었다. 출발역부터 사람이 승강대까지 가득 차 떠났는데 여기까지 오는 동안 정차하는 역마다 계속 사람들이 더 오르니 두 발 편히 딛고 설 자리도 부족했다. 일면식도 없는 낯선 남녀의 몸이 맞붙어 차가 흔들리는 대로 비비적대도 이상할 것이 전혀 없었다.

혜산에서 차에 오를 때 인호네 일행은 자리를 미처 잡지 못해 세면장에 둥지를 틀고 앉았다. 세면장은 물도 없고 수도꼭지, 거울, 세면기도 없다. 몽땅 파손되고 낡아져 언제 뜯겨

져 나갔는지 거칠 데 하나 없는 텅 빈 공간이 되고 말았다. 미처 자리 못 잡은 사람들이 짐을 들여놓고 깔고 앉아 가기 딱 좋은 장소로 변해버린 것이다. 거기에 인호네 일행 일곱이 벽에 기대어 둘러앉아 예까지 왔으니 그만하면 명당자리에서 호강한 셈이었다.

자정이 될 때 쯤 갑자기 덜커덕 하는 소리와 함께 열차가 크게 흔들렸다.

"어! 뭐야. 대가리 단 게 아니야?"

무릎 사이에 얼굴을 박고 졸던 인호가 깜짝 놀라 소리쳤다.

"와아!"

승객들이 술렁거리며 탄성을 질렀다. 마침내 열차가 발 묶인 지 30시간 만에 기관차가 연결 돼 뿌웅! 뿌웅! 경쾌한 고동을 울렸다. 드디어 떠나는구나. 지루함에 지쳐 졸던 사람들이 정신이 또렷해져 들뜬 기분으로 떠들어대기 시작했다. 잠시 후 차바퀴에서 제동편이 분리되며 압축공기 빠지는 소리와 함께 차가 스르르 움직이기 시작했다. 이어 탕탕~ 탕탕! 가락 맞는 차바퀴소리 장단이 원산을 향해 멀어져갔다.

2

옛 경원선 시발점인 원산역은 세포, 평강, 이천, 사리원 방면으로 가려는 사람들로 붐볐다. 플랫폼에 미리 나와 열차를 기다리던 인파가 열차가 채 멎기도 전에 이리떼처럼 승강대마다 매달리기 시작했다. 철도안내원들과 역보안원들이 호각을 불며 질서를 잡으려 했지만 소용없고 오히려 혼란만 더 부추기는 꼴이었다. 승강대에서 온 사람들은 그들대로 새 승객들이 오르지 못하도록 버텼다.

"어이 동무, 거 좀 안으로 조이라."

"무작정 밀지 말라우. 조일 자리 없단 말야. 저쪽 칸에 가보라우."

"아 못이 틈이 있어 드가나. 사정 봤단 못 타. 머리 꼭대길 막 밟고 드가자우."

필사적으로 오르는 사람들을 안에서 막아내기엔 역부족이다. 승강대 손잡이를 으스러지게 잡고 몸을 솟구거나 앞사람을 목마에 태워 승강대에서 버티는 사람들 머리 위로 무자비하게 던져 넣었다. 유리가 깨지고 없는 창문에도 주렁주렁 매달리고 밑에서 엉덩이를 밀어 올렸다. 좌석에 앉은 사람들은 창문으로 타는 사람들의 발에 짓밟혀 욕지거리를 해댔다.

인호네 일행의 세면장 명당자리 호강도 원산에서 끝날 판이다. 유리 없는 세면장 창문에도 사람들이 매달렸다. 어떻게든 진지를 사수하려고 인호는 절반은 창문을 막아서고 절반은 출입문 입구를 막도록 방어전을 지휘했다. 하지만 필사적으로 덤벼드는 사람들의 집요한 공격에 힘이 부쳤다. 이대론 안 되겠다고 판단한 인호는 잔머리를 빛의 속도로 굴렸다. (옳지! 공산군들을 써먹어야지. 세 보이는 공산군 두 놈 쯤 태우고 여길 지키는 게 낫겠군.) 인호는 늦게 차 타러 나와 어디로 오르면 좋을지 몰라 헤덤비는 군인 두 명에게 소리쳤다.

"어이, 상사동무! 일루 오라요, 일루."

인호의 손짓에 군인들이 대뜸 반색을 하며 다가왔다. 명수가 인호를 툭 치며 "아니 얘들 왜 태우자는 거야?" 했다. 인호는 "아아, 다 생각 있으니까 날래 올려주기나 하자구"하며 군인들 손을 잡아 끌어올렸다. 명수는 투덜거리면서도 배낭을 받아 주었다.

"자 이젠 중사동무, 우리가 태워줬으니까 여길 좀 같이 지킵시다."

인호가 군인들에게 부탁했다.

"아 그건 걱정 마십시오. 야, 철호 네가 창문 맡으라. 누구든 올라오려고 문틀에 손대면 사정보지 말고 군화발로 밟아주라. 출입문은 내가 맡으니까."

그러자 철호라고 불린 하사가 대뜸 창문 밖에 대고 소릴 질렀다.

"딴 데들 가라우. 여긴 안 돼! 자신 있으면 올라와 보라."

그리곤 창턱에 엉덩이를 올려놓고 돌아앉았다. 상사도 출입문을 커다란 덩치로 막고 섰다. 명수는 그제야 인호가 왜 이들을 태웠는지 알 만하다는 듯 웃었다. 일곱이 앉아가기 딱 좋았던 자리에 두 명이 더 끼어 조금 불편하긴 하겠지만 그래도 다행인 것이다. 그러지 않았더라면 이 자리가 앉기는 고사하고 두 발 디딜 자리도 없이 콩나물시루가 되고 말 것이었다. 그만해도 안도의 숨이 나왔다.

"자 이젠 얼른 떠나기나 해라."

일행은 자리를 사수한 기분에 들떴다.

그런데 무슨 영문인지 뿡뿡 고동을 울려대며 출발을 재촉하던 열차가 한참 지나도 떠날 염을 하지 않고 잠잠해졌다.

"이거 왜 떠나지 않는 거야?"

"그러게. 또 정전된 게 아니야?"

"방정맞은 소리 하지 말라우. 이제부터 선로가 더 나쁜 구간이니까 정비를 꼼꼼히 하겠지."

모두 불안한 마음에 술렁거리는데 밖에서 "대가리 뜯어간다!" 하는 소리가 들렸다. 뭐? 기관차를 뜯어간다고? 내다보니 정말로 기관차가 열차를 떼어놓고 꾸물꾸물 저 혼자 가고 있었다.

"아니 저놈이 저거 혼자 어딜 가는 거야?" 사람들이 의아해하며 투덜댔다. 고장이 난 건가. 고원에서 원산까지 지척인데 고작 여기까지 와서 고장 날 리는 없고. 도대체 어떻게 된 거야?

좀 있다 다시 뿌웅! 고동이 울렸다. 기관차가 다시 이쪽으로 오는 것이 보였다. 그럼 그렇겠지. 잠깐 점검할 게 있었나 보군. 괜히 걱정했잖아.

하지만 점점 다가오는 기관차 옆구리가 정면보다 길게 보이더니 스르르 다른 선로에 들어섰다. 엥? 저건 또 뭐야. 마치 조롱이나 하듯 기관차는 옆 선로를 탕탕 구르며 지나갔다. 그렇게 한두 번 더 왔다 갔다 하던 기관차는 어디선가 다른 열차를 꼬리에 달고 북행열차 출발위치를 차지하고 고동을 울려댔다.

"아니, 우리 차 대가리가 왜 저걸 단 거야?"

"저거 14열차다. 평양-평강이라고 써 붙였잖아. 평양 가는 급행."

"그럼 이번엔 우리 대가릴 저놈이 뜯어갔네. 아이고, 이놈의 똥차는 정말 대책 없구나."

건너편에 출발준비를 하고 선 평양행 급행열차는 보기부터 달랐다. 객차에 도색한 진녹색 빛깔도 생생하고 서있는 손님이 별로 없는 상급차들, 한적한 일반침대차, 창문에 흰 커튼이 드리워진 식당차며 상급침대차가 열을 지어있다. 간부전용인 상급침대칸 창문으론 기름종지에 잠가낸 것처럼 머릿기름 잔뜩 바른 나리님들이 커튼을 젖히고 이쪽을 거만하게 바라봤다. 승강대에는 슬리퍼를 끌고 멜빵바지를 입은 뚱보가 입에 칫솔을 물고 있고 화사한 원피스 차림의 귀부인은 홈에 내려 우유빛깔 도는 어린애와 한가로이 놀고 있다.

"저것들은 무슨 팔자가 저리 좋은지, 원."

명수가 부러워 한마디 했다. 그러자 명수 아내가 "누군 남자 잘 만나 침대 타고 다니는데 이건 새빠지게 쌀 기차나 타니" 하고 염장 찌르는 소리를 했다.

"쳇! 그만하면 시집 잘 온 거지. 농촌귀신으로 늙을 인생 구해줬더니 기껏 한다는 소리가."

"예예, 참 행복합니다요. 광산쟁이 여편네 만들어줘서."

"뭐야?"

옆에서 괜히 부부끼리 싸움 나겠다며 말렸다. 명수는 군사복무 할 때 부대 주둔지역 농가에 도둑 술을 마시러 드나들다 아내와 친해진 사이였다. 친정 부모는 제대하면 도시에 사는 명수에게 딸이 시집가기를 기대하고 둘이 만나는 것을 좋아했다. 농촌여성이 농민신분을 벗어나는 방법은 군인이나 탄광, 광산 사람에게 시집가는 방법 외에 별로 없다. 공부를 특출나게 잘해 대학을 졸업해도 가능하지만 그건 바늘구멍으로 낙타 들어가기보다 힘든 일이다.

일곱 명 중에 여자는 명수 아내 외에 한 명 더 있었다. 그도 제대군인 광부에게 시집온 농촌 출신이다. 그런데 세 살짜리 아이가 한 명 있어 집에서 남편이 돌보고 있다. 장사는 아내 혼자만 다닌다. 다른 집처럼 남자가 장사를 가고 아내가 집에 있어야 정상인데 이집은 반대였다. 처음 한동안은 남편을 보냈는데 세상에 그렇게 장사 잘 망치는 인간도 드물었다. 거기다 술 마시면 도둑이 짐을 다 들어가고 배에 찬 돈주머니를 뜯어가도 모르는 위인이라 보다 못해 역할을 바꾸기로 한 것이다. 이외에 말 못할 사연이 또 하나 있었는데 명수가 말해줘서 알았다.

"저 혁이 엄마라는 여자가 참 운이 나쁜 여자야. 남편이 고자야."

"고자라고? 그럼 그 집 애기는 어디서 생긴 건가?"

"처음부터 고자는 아니고 결혼해서 반년 만에 고자가 됐대. 임신은 그전에 했고."

"아니 어쩌다가?"

"참 기막힌 사연인데, 언젠가 남자가 평남도 순천에 있는 처갓집에 갔대. 사위가 한여름 뜨거운 대낮에 술 마시고 토방에 누워 자다 꿈을 꿨다나. 아내랑 자는 꿈을 꿨는지 아님 어떤 바람쟁이랑 노는 꿈을 꿨는지 빤스 바람에 가다리 짝 벌리고 자고 있었는데. 그 거시기가 빤스 가운데를 쳐들어 올려 천막처럼 된 거야. 그때 쥐 잡으러 돌아다니던 고양이가 그걸 봤지. 고양이가 저게 뭘까? 하고 가만 보니까 천막처럼 솟은

빤스 밑에서 뭔가가 툭툭 올려 받으며 솟구치려하는 거야. 고양이는 쥐가 빤스 밑에 숨은 줄 알고 휘익 몸을 날려 앞발로 탁 쳤대. 하하하, 근데 그게 글쎄 사그라지는 대신 오히려 더 용을 쓰며 툭툭 튀니까 열 받은 고양이가 이리저리 몸을 날리며 쳐대다가 그걸 꽉 물어버린 거야. 그래 병원에 갔지만 끝내 거시기 앞부분이 잘렸다더군."

"에이 모를 소리다. 지어낸 소리겠지. 누가 직접 보기라도 했나."

"진짜라니까. 글쎄 말이란 게 좀 보태지긴 해도 어쨌든 거시기 잘린 건 사실이래."

"남잔 그게 잘리면 죽는다던데 무슨 소리."

"꼭 그렇지도 않대. 잘린 정도와 치료하기에 따라 살기도 하고 죽기도 하고 그렇다누만. 아 그니까 그 집에서 둘이 싸울 때 여자가 이 좆도 없는 새끼야, 이런다잖아."

"거참 별일 다 있군. 남자도 안됐지만 여자는 여자대로 속상하겠는 걸."

인호는 명수가 들려준 얘기가 생각나 머리를 숙이고 마주 앉은 그 여자를 물끄러미 쳐다봤다. 여자가 이상한 감촉을 느꼈는지 얼굴을 쳐들었다. 인호는 괜히 속생각이 들킨 것 같아 눈길을 피해버렸다.

밖에서 갑자기 소란스러운 소리가 났다. 몸을 일으켜 내다

보니 평양행열차 기관차 옆에 한 무리의 군인들이 몰려있었다. 군인들이 평양행열차에서 기관차를 당장 떼어 해주행에 연결하라고 기관사와 빨간 모자 쓴 역 사령을 협박하고 있었다.

"간부들만 사람이야? 빨리 떼라우."

"우린 인민군대야. 정세가 급변해서 그래. 빨리 부대 복귀해야 한단 말이야."

"선군시대에 엇다 대구. 저 해주행 기차는 군대 기차나 같아. 냉큼 대가리 옮기라."

중구난방 떠들며 때릴 듯 덤비는 군인들에게 질겁해 역 사령이 손사래를 치며 달아났다.

"누가 이기나 보자. 자 우리 손으로 대가릴 떼다 붙이자우."

누군가가 추동하자 몇 명이 기관차 연결고리 안전핀을 뽑아냈다. 기관차가 분리되자 우르르 달라붙어 기세를 올렸다. 어이싸! 어이싸! 기관차가 움직이기 시작했다. 그렇게 밀어가서 38열차에 붙이겠다는 건데 무법천지도 이런 무법천지가 없다. 하지만 인호는 역시 군인들만이 할 수 있는 거사라는 생각에 괜히 어깨에 힘이 들어갔다. 한 해 전만도 펄펄 나는 정찰중대 부소대장이던 인호다. 앞으로 열차가 넘게 될 추가령 일대가 인호의 발자취가 새겨있는 곳이다. 어느 봉우리, 어느 골짜기나 가지가지 추억들로 가득하다. 하지만 호랑이 가죽을 벗고 나니 먹을 것 때문에 기차 같지도 않은 고철덩어리를 타고 개고생 하는 처지가 된 것이다.

군인들 손에 밀려가던 기관차가 오십 미터 남짓 기서 멈췄다. 백주대낮에 기관차를 빼앗긴 평양행열차에서 가만있을 리 없었다. 상급침대에 있던 머릿기름 반지르르한 멜빵바지가 자동총을 멘 경무원(헌병) 여럿을 데리고 나섰다. 군인들이 슬금슬금 눈치를 보며 머뭇거렸다.

"어이 상사! 넌 뭐야?"

경무원들이 제일 설쳐대는 군인 몇을 불러 세우고 증명서를 회수했다. 하지만 쉽게 굽어들지 않고 대꾸질했다.

"우린 임무수행 중이란 말입니다. 기차가 빨리 가야 임무수행할 게 아닙니까."

"왜 간부들 타는 기차만 먼저 뽑습니까. 우리도 바쁜 건 같은데."

그 모양을 지켜보던 멜빵바지가 다가와 볼펜과 수첩을 꺼내며 입을 열었다.

"동무네 소속이 어디요? 어느 군단 몇 사단 어느 연대? 이 동무들 완전히 무법천지구만. 지금 이 차엔 당중앙위원회에 회의 올라가는 일꾼들이 타고 있단 말이오. 소속이 어딘지 말해보오. 그러면 내 동무네 군단장이나 사단장한테 전화해줄 테니까. 열차사정 때문에 여기서 무지막지하게 기관차까지 밀고 다닌다고 말이오."

"아 아닙니다, 간부동지. 저희들이 잘못했습니다."

군인들이 질겁한 소리로 꼬리를 내렸다. 그걸 보고 불똥이 튈까 봐 약삭빠르게 꽁무니 빼는 놈들도 있었다.

군복을 입었다고 아무리 우쭐대도 멜빵바지 권력이 기관차의 힘보다 더 위력했다. 그 옆에 선 화사한 원피스는 참 별꼴들이야 하는 낯빛으로 콧대를 쳐들었다.

한참 후 평양행은 길게 고동을 울리며 여봐란 듯이 쿵쿵 요란한 소리를 내며 떠나갔다.

3

고원에서 32시간, 원산에서 19시간을 허비한 열차가 겨우 기관차를 얻어달고 출발한 것은 새벽이었다. 한동안 열차는 느릿느릿했지만 그런대로 추가령 아래까지 당도했다. 그러나 거기서 또 정전이 되어 역전도 아닌 계곡에 멈춘 지 다섯 시간째다. 이제부터 진짜 고비였다. 이제 추가령을 어떻게 넘어가는가에 따라 해주까지 언제 도착할지가 결정된다고 해도 과언이 아니다. 추가령은 구배가 심하기로 악명 높다. 원산을 지난 후부터는 열차에 오르는 대부분이 군인이다. 병력이 가장 많은 1군단과 5군단이 강원도 주둔이니 경원선 구간은 닿는 역마다 태반이 군인이다. 원산 역에서 군인들이 이 열차를 군대 기차라며 억지를 부린 것도 그 때문이다. 혜산광산 사람들에겐 쌀 기차고 군인들에겐 군대 기차였다.

인호 역시 5군단 출신인데 이 지역을 지날 때면 가슴이 먹먹했다. 열일곱 살 나이에 입대해 제대할 때까지 생활한 곳이었다. 그런 곳을 '펄펄 나는 싸움꾼', '일당백 초병'이 아닌 쌀장사꾼 꼴로 지나야 하는 심정을 뭐라고 표현할지. 명수도 같은 부대출신이었다. 그는 병사시절 향수에 젖어 어둠이 깃든 밖을 내다보며 나지막한 소리로 노래를 부르기 시작했다.

이제는 옛 전호에 탄피도 삭았으리
고지엔 산딸기가 빨갛게 익었으리

인호도 따라 불렀다. 노래 소리가 커지자 컴컴한 열차 안 여기저기서 한 명, 두 명 따라 부르더니 곧이어 합창으로 변했다. 어느 골짜기, 어느 언덕이든 군대가 없는 곳이 없는 지역이니 명수 입에서 운을 뗀 노래가 동질감을 일깨웠다고나 할까. 현역군인들과 제대군인들 모두 공감된 것이다. 거기다 저녁밥까지 먹은 후다. 더러는 술까지 받쳐 마셨으니 취기가 오른 김에 감정이 북받쳐 더 큰 소리로 불러댔다. 끼니 해결은 각자 자기 상황에 맞게 했다. 도시락 먹는 사람, 건빵 먹는 사람, 냄비에 밥을 지어먹는 사람 등 각양각색이다.

인호네 일행은 혜산에서 출발할 때 도시락 몇 개 싸는 정도가 아니라 아예 '밥 배낭'을 준비했다. 해주까지 보름이 걸릴 때도 있으니 음식준비를 그만큼 많이 해가야 한다. 밥을 쉬지 않게 싸는 방법은 밥을 지어 온기가 없을 때까지 식혀 밥 속에 살구씨나 복숭아씨를 넣고 드문드문 식초를 몇 방울씩 쳐서 싸는 것이다. 빵 같은 간식도 좋다. 혹은 '속도전가루'라고 부르는 옥수수 변성가루를 비닐봉지에 담아간다. 먹을 때 속도전가루가 든 비닐봉지에 물을 적당하게 붓고 봉지채로 주물럭주물럭하면 금방 고소한 떡이 되는데 소화도 천천히 되어 먼 길 가는 데 안성맞춤이다. 제일 난감하고 부산스러운 것은 밥을 지어먹는 것이다. 열차가 너무 지연되다 보면 준비해 간 음식이 다 떨어지기 십상이다. 그럴 때를 예측해 쌀을 준비해가는 사람들도 있다. 열차가 오래 멈춰 있을 때 밖에서 군용밥통이나 쟁개비에 밥을 짓는다. 그러자면 땔 것이 있어야 하는데 조리용 고체연료가 좋지만 값이 비싸 쓰는 사람이 별로 없다. 대개 열차 주변에서 삭정이든 짚이든 불에 탈수 있는 것은 다 주워다 땐다. 그러다 갑자기 전기가 와 열차가 빵빵대기라도 하면 끓던 쟁개비를 들고 차에 오르느라 한바탕 난리가 난다.

원산역에 열차가 머물 때 인호네 일행은 새벽에 모두 한꺼번에 곯아떨어져 졸다가 '밥 배낭'을 도둑맞았다. 그거면 고산, 세포 정도까진 먹을 것 같았는데 도둑이 가져가 버렸으니 별수 없이 지어먹을 수밖에 없게 됐다. 아침을 굶고, 열차가 안변평야를 누빈 지 30분 정도 시점에 또 정전이 되어 멈췄다. 승무원들이 이제는 한밤중이나 돼야 전기가 들어올 것 같다고 했다. 그 말에 밥이나 지어먹자며 차에서 내렸다. 일행은 불 땔 것을 주워다 군용밥통에 밥을 짓기 시작했다. 군용밥통은 제대할 때 챙겨왔는데 쓸모가 많았다. 그런데 밥이 거의 되어갈 무렵 불현듯 뽕! 하고 기관차 고동이 울렸다.

"전기 왔다!"

소리치며 차에서 내려 쉬던 사람들이 우르르 차에 오르느라 헤덤볐다. 기관차는 연방 고동을 울려댔다. 젠장, 밤에 전기가 온다더니. 어쩔 도리 없이 끓는 밥통을 그냥 들고 올랐다. 아침을 굶은 뱃가죽이 등에 붙을 지경인데 또 굶을 판이었다. 참다못해 먹어도 괜찮겠지 하고 설익은 밥을 억지로 먹었다. 그게 무탈할 리 없다. 한동안 지나 뱃속이 끓고 급기야 뒤가 마려웠다. 하지만 변소는 자리 없는 사람들이 들어가 있어 이용할 수 없고, 차라리 다시 정전이라도 되면 내려서 보면 되는데 청개구리 같은 기차는 정전이 되라니까 오히려 더 잘 달렸다. 이곳 추가령 밑에 와서야 정전이 됐다. 정전이 그렇게 반가워보긴 처음이었다. 열차가 멎기 바쁘게 설익은 밥을 먹고 변소가 그리워진 사람들이 사방에서 뛰어내려 항문을 오므리고 숲으로 달려갔다. 하지만 변소 들어갈 때와 나올 때 생각이 다르다고 막상 볼 일을 보고 나니 언제 전기가 올지 한숨이 나왔다.

노래를 부르며 떠들썩하던 사람들이 밤이 깊어지자 졸기 시작했다. 서서 가던 사람들도 더러는 차에서 내려 땅바닥에 누웠다. 인호도 무릎을 세워 이마를 대고 잠을 청했다. 한참 후 꿈속에 빠져드는데 왠지 뒷덜미에 섬뜩한 느낌이 들어 눈을 떴다. 손전등을 켜든 시커먼 형체 둘이 창문으로 들어오고 있었다.

"누구요?"

인호가 겁에 질린 소리로 물었다.

"누구면 어째, 이 새꺄!"

대뜸 욕질이다. 강도구나! 입이 얼어붙었다. 너덜너덜한 군복을 입은 놈들이다.

"너 살기 싫어?"

한 놈이 손을 뻗쳐 인호 머리끄덩이를 잡았다. 순간 인호는 이 자리에 함께 앉아온 군인들이 있다는 생각에 용기를 냈다.

"당신들 뭐야? 왜 이래!"

하지만 대답 대신 주먹이 먼저 날아들었다. 그 주먹에 맞을 정찰병출신이 아니다. 잽싸게 피하는 동시에 놈의 손목을 딱 잡았다. 그대로 비틀어 제압하고 싶지만 상대가 현역군인이다. 갑작스런 소란에 함께 있던 군인들이 잠을 깼다. 다른 사람들도 정신을 차렸다.

"야, 너흰 누구야?"

상사가 벌떡 일어서며 "이 거지 같은 새끼들이" 하며 멱살을 잡았다. 뜻밖에도 같은 호랑이가죽이 나서자 놈들은 "이거 군대끼리 왜 이래요?" 하며 당황했다.

"야, 너희들 추가령 임꺽정 패라도 되나? 찍소리 말구 좋게 말할 때 냉큼 내리라."

그만 기가 눌린 놈들은 더 어째 볼 엄두를 못 내고 툴툴대며 창문 밖으로 뛰어내렸다.

"이 추가령이 이렇다니까요. 보나마나 1군단 애들 같은데 배때기 고프니까 밤만 되면 부대를 빠져나와 돌아가며 도둑질 강도질 다 합니다."

상사가 놈들이 나간 창밖에 머리를 내밀며 말했다.

"저기 좀 보라요. 한, 둘이 아니에요. 새끼들 두 개 분대쯤 될 것 같네. 어? 아니 저 새끼들 같은 군대끼리도 뺏잖아?"

"어디 말입니까?" 하사도 창밖에 머리를 내밀었다.

"저런! 기차 타고 가는 전사와 군복 바꿔 입는 것 같습니다. 자기네 너덜너덜한 옷을 새 군복과 강제로 바꿔 입는데요. 부소대장동지! 제가 나가서 먼지 좀 털어주랍니까?"

"관두라. 차가 언제 떠날지도 모르는데 괜히 저 토비 같은 새끼들이 다 몰려오면 골치 아파."

상사는 씩씩대는 하사 어깨에 손을 얹어 진정시켰다.

"젠장, 이거야 어디 눈 뜨고 볼 수가 있나."

인호와 명수도 이 추가령에 대해선 너무 잘 알았다. 두 해 전까지 군복을 입고 다니던 지역이다. 그나마 인호는 사단 직속 정찰중대여서 저런 짓은 하지 않고 지냈다. 아무리 없어도 정찰병들만은 배불리 먹도록 보장됐기 때문이다. 임무수행 중에 홀로 추가령을 지나다 이곳 군인들에게 걸려 격투를 벌인 적도 몇 번 있었다. 그땐 혼자서 한 개 분대인원쯤 쓰러뜨리는 건 일도 아니었다. 하지만 명수는 처지가 다르다. 상황을 보면서도 아무 말 없이 눈만 끔뻑끔뻑 하는 그가 바로 이 추가령에서 복무한 '임꺽정 도둑무리' 출신이었다. 날이 어두워 잘 보이진 않지만 강도무리들 속에 낯익은 후배들 얼굴이 있을지도 모른다.

호각소리가 울렸다. 단속 칸에서 자고 있던 경무원(헌병)들이 내려 도둑무리를 단속하는 소리였다. 아니 단속이라기보다는 그쯤하면 물러가라고 위협하는 수준에 그쳤다. 한두 번 있는 일도 아니고 단지 배가 고파 돌아다닌다는 것을 아는 만큼 같은 군인으로서 동병상련을 느끼는 것이었다. 군인들 것을 뺏거나 싸우는 경우가 아니고 민간인을 건드릴 땐 일부러 못 본 척하기도 했다.

자정이 지나자 골짜기에 바람이 세게 불기 시작했다. 점점 숲이 우우 소리를 내고 하늘은 구름이 덮이고 달도 별도 보이지 않았다. 이어 빗방울이 후두둑 떨어졌다. 창문으로 바람에 빗방울이 들이쳤다. 명수 아내가 배낭에 넣고 다니던 비닐 박막을 꺼내 창문을 대충 막았다. 칠흑같이 어두운 계곡, 촛불 하나 없는 차안에서 빗소리를 들으니 쓸쓸한 기분이 들었다. 급기야 하늘을 번쩍 가르며 번갯불이 일고 꽝! 꽈르릉 우레가 귀청을 때렸다. 비는 폭우로 변했다.

이러다 철길에 사태라도 나면…… 하는 생각에 불안감이 몰려왔다.

그때 뜻밖에도 기관차 고동이 울렸다. 와아! 전기 왔다! 탄성이 터져 나왔다. 다행이다. 전기가 왔을 때 빨리 추가령을 넘어야 폭우 피해를 면할 수 있다. 곧 열차가 떠났다. 그런데 전압이 너무 낮아 속력이 사람이 뛰는 속도보다도 못하다. 이런 정도면 전압이 7,8백 볼트밖에 안 된다. 기관차용 정격전압이 직류 3,300볼트다. 하지만 정격전압을 바라는 것은 영원히 출발하지 않겠다는 소리나 다름없다. 당장은 이 상태로 물매가 심하기로 유명한 추가령을 제대로 넘기나 하겠는지가 문제다.

그런대로 열차는 벌벌 기는 속도지만 멈추지 않고 올라갔다. 하지만 경사가 더 급해지자 얼마 더 못가고 끽끽 소리를 내기 시작했다. 비에 레일까지 젖어 차바퀴가 헛돌기 시작한 것이다. 속도는 세 살짜리 아이 걸음 수준으로 떨어졌다.

누군가가 "이 고비만 넘기면 됩니다" 하고 소리쳤다. 사람들이 안타까운 나머지 주먹을 불끈 쥐고 "영차! 영차!" 소리로 열차를 응원하기 시작했다. "조금만 더! 어이싸! 어이싸!"

하지만 열차는 섰는지 가는지도 느껴지지 않을 만큼 되더니 끝내 멈추고 숨고르기에 들어갔다. 기관사는 전압계에서 눈을 떼지 못하고 전압이 약간이라도 올라갈 때마다 왈칵왈칵 급출발을 시도했다. 그러나 몇 번을 반복해도 힘이 모자랐다.

그러다 잠시 멎은 채로 있던 열차가 스르르 뒤로 움직이기 시작했다.

"어어, 차가 왜 이래. 밀리는 거야? 되돌아가는 거야?"

사람들이 당황했다. 거꾸로 달리는 속도가 점점 빨라졌다. 전압이 낮으면 압축기가 제동공기를 원활하게 압축하지 못한다. 그래서 뒷걸음 한 거면 결과는 뻔하다. 내리막길에 감속이 안 되면 레일에서 탈선해 아찔한 골짜기 아래로 굴러 떨어질 것이다. 사람들이 혼란에 빠져 갈팡질팡했다. 군인 한 명이 창문으로 뛰어내리는 것이 보였다. 그것이 연쇄반응을 일으켜 여기저기서 살아남으려고 뛰어내렸다. 폭우가 쏟아지는 어둠속에서 비명소리가 들렸지만 열차는 계속 내리달렸다. 지옥으로 내닫는 죽음의 열차마냥 사람들은 와와 공포에 떨었다.

인호도 눈을 딱 감았다. 진작 뛰어내릴 걸. 창밖이 칠흑같이 어두워 속도가 어느 정돈지 가늠도 안 된다. 어차피 늦었다. 이제 뛰어내리다 죽으나 그대로 가다 굴러 떨어져 죽으나 마찬가지다. 지금껏 살아온 날들이 주마등처럼 뇌리를 스쳐 지나갔다. 맙소사! 이렇게 죽는 건가.

그때 갑자기 거대한 불줄기가 번쩍! 땅과 하늘 사이를 가르며 꽈르릉! 굉음을 터뜨렸다. 등을 기댄 차벽이 부르르 떨었다. 벼락이 열차를 때린 것이었다. 찰나에 끼이익! 아츠러운 제동편이 갉히는 소리가 났다. 놀란 기관사가 급제동을 건 것이다. 충격에 몸이 왈칵 한쪽으로 쏠렸다. 열차가 모지름을 쓰며 멈췄다.

"어휴 살았구나!" 공포에 떨던 사람들이 가슴을 쓸어내렸다.

다행히 제동문제로 생긴 사고는 아니다. 기관사는 끝내 오르막을 극복 못 하자 일단 다시 평지에 내려갔다가 다시 올라올 생각이었다. 평지에서 최대한 빠른 속도로 달려 관성으로 타력을 얻어 정점을 돌파하려는 것인데 추가령에서 자주

써오던 방법이었다.

"군대들이 죽었다아!"

누군가가 비명을 질렀다. 사람들이 일시에 창밖에 머리를 내밀었다. 비는 일단 멎었고 사람들이 우르르 뛰어내렸다. 인호네 광산패들도 내렸다. 손전등 가진 사람들이 불을 비췄다. 눈앞에 끔찍한 광경이 펼쳐졌다. 자동소총을 맨 채 숯덩이처럼 까맣게 탄 병사들의 주검이었다. 대략 한 개 소대병력은 되는 것 같았다. 경무원(헌병)들과 승무보안원(철도경찰)들, 열차승무원들이 승객들 접근을 통제하고 시신들을 모아 신원을 확인했다. 전원 특수부대였다. 소대장 이하 전원 희생! 단 한 명도 살아남지 못했다. 이들은 긴급임무를 받고 추가령을 강행군으로 넘던 중 꾸물거리며 올라가는 열차를 보고 매달렸다. 하지만 승강대까지 손님이 꽉 찼고 문이 닫힌 상태여서 폭우가 쏟아지는 지붕에 올랐다. 그런데 정점을 앞두고 뒤로 밀리기 시작하자 열차를 이탈하려 했다. 하지만 아무리 훈련이 잘되어 있어도 달리는 열차 지붕에서, 그것도 폭우가 퍼붓는 칠흑 같은 어둠속에 몸을 던질 엄두를 못 냈다. 그대로 있다가 열차를 때린 벼락에 맞고 만 것이다. 초고압의 벼락전기가 비에 물참봉이 된 몸을 붙이고 앉은 그들을 눈 깜짝할 새 숯덩이처럼 구워버렸다.

잠시 멎었던 비가 다시 후두둑, 떨어지기 시작했다. 멀리서 번개가 번쩍, 하는 것이 보였다. 다시 한바탕 퍼부을 참이다. 침통한 기분으로 말없이 서있던 사람들이 하나 둘 차에 오르고 기관차는 고동을 울렸다. 열차원들이 출발을 알리며 호각을 불어댔다. 참혹한 주검들과 경무원들을 뒤로 한 채 열차는 다시 내려가기 시작했다.

인호는 정찰중대 시절 이 추가령을 수도 없이 넘던 일을 떠올렸다. 그도 기차를 보면 저들처럼 매달려 지붕에 오르지 않았던가. 어떻게 죽는지도 느끼지 못한 채 아차 하는 순간에 타버린 군인들 모습이 그냥 머릿속을 어지럽힌다.

추가령! 다시는 보고 싶지 않았다. 사고는 모든 것이 회복될 그날까지 끊이지 않을 것이다. 굶주린 '임꺽정' 무리들의 난동 역시 계속될 것이다. 어쩌면 이 삼천리강토가 통일되고, 경원선에 원산-서울 급행이 힘찬 고동을 울리는 그날, 그때라야 평화가 깃들게 되지 않을까.

산 아래 평지까지 물러선 열차는 다시 숨을 고르고 추가령에 도전했다. 악을 쓰고 고동을 뿜어대며 최대속도로 질주했다. 힘이 전부 소진할 찰나, 열차는 마침내, 간신히 정점에 도달했다.

만세에! 사람들이 박수를 쳤다. 이제 고산군에 들어선 것이다. 그동안 무슨 일이 있었는지도 모르고 팔자 늘어진 어느 주정뱅이가 분위기 파악을 못하고 제 흥에 겨워 소리를 뽑아댔다.

신고산이 우르릉 그 무슨 소린가 하였더니
농장마을 처녀들이 뜨락또르(트랙터) 모는 소릴세.
어랑 어랑 어허야 어야디야 어허야
……

그렇게 열차는 강원선 가장 어려운 고비를 넘겼다. 이제 내리막길을 내리면 고산군과 세포와 평강으로 이어진다. 그러나 세포역에 이르면 열차는 경원선과 이별하고 강원선 마지막 구간인 세포-이천 선을 거쳐 사리원에 이어 해주까지 가야 한다. 이 간고한 여정이 몇 날 며칠을 더 걸려야 끝날지 아무도 장담할 수 없었다.

열차에서 만난 도둑

김수진

김수진

1966년 함경북도에서 태어났다. 2016년 『망명북한작가PEN문학』에 첫 단편소설 「산 넘어 산」을 발표했다. 시집으로 『천국이다』 『꽃 같은 마음씨』가 있다. 현재 북한전문매체에서 일하고 있다.

1

개성을 떠난 열차는 어둠을 뚫고 벌써 개풍역으로 들어서고 있었다. 아직 자리를 잡지 못한 손님들은 많았다. 수수떡 같은 불빛 사이를 헤집고 손과 손에서 번쩍이는 전짓불들이 여기저기로 퍼져 나간다. 열차 안은 자리표를 가진 손님과 못 가진 손님으로 혼탁을 이루었다. 약삭빠른 손님들은 자리표를 예매한 덕에 좌석을 가졌다. 못 가진 손님들은 어디에 자리를 잡을지 몰라 눈치껏 몰려다닌다. 그들은 열차 안의 비좁은 길 한가운데를 가로지른 채 서서 가야 한다. 용희는 다행히도 좌석을 차지했다.

자정이 가까워 오는 열차 안의 분위기는 괜히 뒤숭숭하게 만든다. 용희는 분주한 속에서 틈을 노리는 도적들의 움직임을 포착하려 애쓴다. 열차 안에서 몸 건사보다 어려운 것은 짐 건사다. 오늘 같은 날은 실수하기 쉬운 날이라는 예감이 든다.

앞에 마주 앉은 손님에게 자주 시선이 간다. 머리와 수염은 며칠을 밖에서 지낸 사람처럼 더부룩한 게 불량자 같았다. 하지만 옷은 꽤 비싼 것으로 입었다. 요즘 시내에서 유행하는 사지잠바였다. 까무잡잡한 얼굴빛과 쪽 빼입은 옷은 앞뒤가 맞아 보이지 않는다.

그 사람은 달랑 가방 한 개를 들고 올랐다. 요즘 세월은 간부들도 출장길에 여비를 뽑으려고 장사 짐을 들고 다니는 판국이다. 사람을 찍어서 맛을 볼 수는 없지만 좋은 사람이라고 봐줄만한 구석은 보이지 않는다.

이 손님에게 유독 신경 쓰이는 것은 역구내를 통과할 때부터 지금까지 잠시도 용희 곁에서 떨어지지 않았다는 점이다. 역 구내를 향한 많은 손님들은 모두 짐을 가지고 있어 서로 부딪치지 않으려고 우정 피해가며 걸었다. 이 손님은 용희의 커다란 짐 뒤에 도적고양이처럼 착 붙어오다가 배낭을 추스르는 용희와 뒷면에서 충돌했다. 하마터면 넘어질 뻔 했다. 그때 용희는 배낭을 더듬는 듯한 감각을 느꼈다. 화가 나서 크게 소리를 쳤지만 손님은 겸연쩍은 웃음을 짓고 또 줄곧 용희의 주위에서 맴돌았다. 누가 짐을 내려달라고 청하지도 않았는데 당연한 듯 다가와 짐을 받아주었다. 거기까지였으면 좋으련만, 열차에 오를 때도 그 무거운 짐들을 전부 거들어 주었다. 객석까지 따라 올라 짐들을 당반 위에까지 척 올려놔주었다. 누가 보면 용희의 명백한 동행자 같았다. 손님이 무거운 짐을 씽 들어 당반 위에 올릴 때는 기겁했다. 저 힘으로 눈 깜박할 새에 짐을 들고 달아날 것 같았다. 용희는 짐꾼을 부릴 걸 그랬다는 후회가 들었다. 다른 때는 짐꾼에 의지했다. 이번엔 짐이 적어서 혼자 애쓰려다가 도둑에게 들킨 셈이 되고 만 것 같았다. 찰나에 손님이 힘이 되긴 했다.

용희는 도움 받은 대가를 치르고 싶었다. 남들이 볼 세라 조심히 짐을 헤쳐 개성공단 초코파이 몇 개를 꺼내들었다. 더는 얽히지 말고 얼른 자기 주위에서 멀어지라는 암시도 주고 싶었다. 하지만 손님은 용희의 맞은 편 앞좌석에 떡 자릴 잡고 앉았다. 용희는 초코파이를 도로 가방 안으로 쑥 밀어 넣었다. 물론 그 사람의 차표에 따른 좌석이겠지만 마주 앉은 꼴이 견딜 수 없었다. 마주친 눈빛에서는 끝까지 물고 놓지 않으려는 도둑의 결심이 엿보이는 것 같았다.

요즘은 도적들도 보안원들의 시달림을 피하기 위해 여행증에 차표까지 정중히 준비하고 신사다운 행보를 한다. 쓸모 있는 짐 하나를 덮치면 여행증, 차표 값은 몇 푼에 지나지 않는다. 용희는 여러 가지 추측이 난무하는 속에서 도둑이 명백하다는 결론에 도달했다.

2

열차에 오르니 한 가지 일이 더 괴롭혔다. 도둑을 피하는 것 보다 더 중요한 일이다. 그의 짐은 전부 개성공단에서 생산한 남조선 물품으로 정부의 강한 통제품목에 속했다. 그는 평양을 떠나기 전, 열차 보안원과 미리 약속해 놓았다. 그 보안원은 이 열차의 오늘 근무자였다.

5년간 평부선을 오가며 열차생활에 익숙해져 있지만 보안원들의 검열만은 매번 익숙지 않았다. 약속된 보안원을 확인해야 마음 놓을 수 있었다. 사정이 생겨 못 탔을 수도 있다. 이럴 때는 다른 보안원들에게 부탁해두기도 하는데 여간 말째지 않다. 이런 정황, 저런 정황 다 예측하고 확실하게 해야 했다.

열차는 벌써 세 번째 정거장을 향해 달리고 있었다. 경험적으로 보면 다섯 번째 역인 금천역에서부터 열차 보안원들의 검열이 시작된다. 여행증명서와 함께 짐 검열은 동시에 시작된다.

그들은 이 열차의 통제품목 운행자들을 기억하고 있다. 그들을 통한 자기들의 욕심도 어지간히 채우는 데 익숙해져 있다. 하지만 약속이 되어있지 않으면 무자비한 난동을 피운다. 무거운 짐을 끌고 보안실로 질질 끌려가야 하고 몰수당하기도 한다. 그보다 더 운이 안 좋으면 간혹 '사건화'에 걸려들 때도 있다. '사건화'란 말은 떠올리기도 싫을 정도로 혐오스럽다. '사건화' 되면 평양에서 추방되는 곤경을 치르게 된다. 평양에서 추방되면 인생은 벌레와 같다는 생각에 머리털이 곤두섰다.

약속한 그 보안원은 열차의 책임 보안원이었다. 푼푼히 찔러주면 수족처럼 말을 잘 들어주었다. 빨리 만나 푼푼한 달러를 지불해야 했다. 자리를 뜨려니 앞에 앉은 손님이 또 신경 쓰인다. 손님은 자기 주제와 달리 어둠속의 가냘픈 불빛속에서 수첩 같은 것을 펼치고 앉아 골똘히 생각하고 있다. 마치도 물건인수를 다녀오는 공장 인수원의 행세를 하는 것 같았다.

용희는 도둑 같은 손님의 피해를 막기 위해 일부러 곁에 앉은 손님들과 친근하게 굴었다. 몇 정거장을 지나고 보니 옆에 앉은 부부와도 가까워졌다. 그들도 짐이 많았다. 하지만 단속품은 아닌 것 같았다.

용희는 그들 부부에게 사정하듯 부탁했다.

"화장실 좀 보고 올 테니, 짐 좀 봐줘요. 당반 위에 있는 저것과 이것, 의자 밑에 있는 짐이 전부에요. 꼭 좀 부탁하여요.”

슬쩍 곁눈질해 본 도둑손님은 아무 관심이 없는 듯 그대로 수첩에 열일하고 있었다. 그런 꼴을 하고 있으면 누가 도둑이 아니라고 믿어줄까? 하고 째려보며 일어섰다.

“걱정 말고 빨리 다녀와요. 내레 잘 봐 줄 테니…….”

옆자리 여인은 든든한 조력자처럼 대꾸했다.

보안원실은 열차의 중간에 있었다. 사람들 사이를 가르고 정신없이 도착하니 마침 문이 가늘게 열려 있었다. 다른 보안원들도 있기에 눈치껏 행동해야 했다. 문 짬 사이로 들여다보니 분위기가 좀 이상해 보였다. 책임 보안원 자리에 다른 사람이 앉아 있다. 마주 앉은 두 명의 보안원도 뒷모습이 다르다는 감촉을 받았다. 착각한 것이 아닐까 눈을 비비기도 했지만 셋 다 낯선 얼굴들이었다. 갑자기 긴장되면서 입안이 말라들었다.

문 짬으로 말소리가 흘러나왔다.

“오늘 우리 조는 평부선에서 첫 근무니만치 잘해야겠소. 불법물품이 단 한 개도 빠져 나가지 못하게 철저히 해야 하오. 개성공단 물품이 평부선에서 빠져나와 평양시내 한복판에서 버젓이 거래된다고 열차 보안원들에게 책임을 묻고 있소. 이번 열차편성이 갑자기 바뀐 것도 이 때문이오.”

용희는 눈앞이 아찔해졌다.

요즘 평양시내에서 상표를 뗀 개성공단 상품들이 무리로 발각된 것은 사실이었다. 보안성이 맡아서 출처해명에 나섰다는 말도 돌았다. 당연히 열차 보안원들에게 혐의가 간다. 열차 보안도 재편성 될 것을 예견 못한 자신에게 화가 났다. 평부선은 다른 보안원들로 바뀌어 편성된 것 같았다. 열차 보안원들은 예측하기 어려울 정도로 자주 바뀌었다. 그것도 이렇게 부지불식간에 바뀌곤 했다. 이는 여객들의 돈에 놀아나는 보안원들의 비행도 막기 위해서이다.

문 짬을 타고 말소리는 계속 들려왔다.

"4번 차량까지는 최 동무가 맡고 혁수 동무는 8번 차량까지, 나머지는 내가 맡겠소. 하나도 놓치지 말고 깐깐히 검열해야겠소. 금천역까지는 몇 분 안 남았소. 움직입시다."

"네, 알겠습니다."

두 보안원의 대답소리가 윙 하고 고막에 박혔다. 명치끝에 뭔가 단단히 박힌 것처럼 가슴이 무거워 왔다.

'망했어.' 용희는 땅을 치고 싶은 심정이었다. 떨리는 가슴을 겨우 진정시키며 돌아섰다. 이제 겨우 할 일이란 풋낯이나 아는 열차안내원 처녀들을 만나보는 것뿐이었다. 그들을 만난다고 해서 해결되는 것은 아니었다. 각자 임무가 다른 열차원들과 보안원들 사이의 감정은 그리 좋은 편이 아니다.

권한은 전부 보안원들에게 집중되어 있었다.

마침 사람들 사이를 비집는 낯익은 열차원 처녀를 만났다. 급한 걸음을 하고 있었다. 용희를 보자 급하게 다가와 귓가에 속살댔다.

"아줌마, 보안원들이 바뀌었어요. 우리 친척언니도 이 열차에 개성공단 초코파이 박스를 가지고 올랐는데 큰일이에요."

용희는 열차원의 친척언니를 잘 알고 있었다. 평양역에서 한 역 떨어진 역포역 아줌마인데 평부선에서 얼굴을 익혔다. 이번에는 물품구입이 어려워 초코파이만 가져가는 모양이었다. 열차원도 자기 친척 때문에 걱정하는 판이다. 그 자리에 퍼더버리고 앉아 울고 싶었다. 보안원이 뒤쫓아 올 것만 같은 상상에 빠져 잰 걸음으로 좌석으로 돌아왔다.

머릿속에서는 별의 별 생각이 다 감돌았다. 빨리 돌아설 줄 알았던 이번 길은 물품 구입이 어려워 지연되었다. 개성공단이 폐쇄되자 얼마 안 남은 물품을 빼내오는 일이 헐치 않았다. 도착만 하면 해결된다던 물품이 하루, 이틀 하면서 일주일이 지나 어젯밤에야 겨우 넘겨 받았다. 하루만 더 빨랐어도, 하는 야속함이 지긋케 갈마들었다.

5년 간 장사하면서 이번처럼 딱한 위기에 닥친 적은 없었다. 때때로 단속도 당했지만 매번 대처가 잘 되었다. 지금은 독 안에 갇힌 쥐 신세와 같다고 생각했다.

3

개성공단상품 장사에 뛰어든 것은 맏아들 명석이 때문이었다. 용희는 중학교를 졸업한 명석이를 군대가 아니라 수재급들만 간다는 중앙대학인 김책공업종합대학에 보내려 애썼다. 대학교에 입학하면 10년 할 군 복무를 3년으로 줄일 수 있었다.

명석은 수재라고 부를 만큼은 아니지만 열심히 공부했고 성적도 괜찮았다. 하지만 정무원시험(수능시험)에서 낙선되었다. 어떻게 된 일인지 공부를 잘못하는 다른 애가 등수에 들어 대학교에 입시했다. 다른 애는 돈 많은 집 애인데 돈을 고이고 불법으로 대학 파견장을 쥐었다는 소문도 있었다. 명석은 군사동원부에 등록했고 개성에서 군사복무를 하게 되었다.

그해 신병을 끝낸 명석에게서 편지가 날아들었다. 용희는 편지를 받은 즉시 황황히 시장으로 뛰어나갔다. 숨어있는 군수품 장사꾼들을 찾아내 군인들이 입는 속내의, 신발, 군인 복장을 비롯한 필요한 물자와 먹거리들을 사들였다. 그리고 한 번도 가본 적이 없는 개성으로 떠났다. 그때가 개성공단이 설립된 지 3년째 되던 해였다. 처음으로 개성공단에서 생산한 남조선 물품들을 직접 보게 되었다. 개성공단물품이 평양시내에도 퍼져 입소문으로 들었지만 직접 만져보긴 처음이었다. 사람들 사이에서 남조선이 세계적으로 11위 순위권에 속하는 경제대국이라고 쉬쉬 거리더니 맞는 것 같다는 생각도 들었다. 생산물품들의 질이 대단히 좋았다. 그릇 한 가지만 보아도 가볍고 질이 좋았다. 그는 몇 달 후면 시집갈 조카딸을 생각하며 그릇 한 조를 사가지고 돌아왔다.

그게 말미가 되었다. 개성공단 그릇 한 조는 결혼식에 온 조카의 친구들 사이에서 상당한 반응을 일으켰다. 그것은 또한 시집가는 여자들의 몸값을 어지간히 높혀 주었다. 한다하는 간부 집들, 돈 깨나 있는 사람들 속에서 개성공단 그릇은 인기절정에 올랐다. 그것은 여자들의 자존심이기도 했다. 사람들은 선돈을 주면서까지 물건을 부탁했다. 그렇게 되어 용희는 5년간 평부선에 몸을 실었다.

개성공단 가동이 중단된다는 소식은 두 달 전에 날아들었다. 용희는 손을 털고 나앉았다. 이제는 어지간히 돈도 벌었고 열차 운행에 지치기도 했다. 더는 가슴을 조이며 다니지 않아도 된다는 생각에 후련하기도 했다. 이제는 중학교 졸업을 앞둔 명갑이의 장래희망을 위해 분주히 뛰어다닐 결심을 했다. 그런 참인데 구역인민위원회 대학 모집과에 다니는 과장의 마누라가 쌍둥이 딸이 시집가는데 그릇 두 조를 부탁해 온 것이었다. 용희는 이것을 기회로 생각했다. 개성공단이 중단초기라 그릇 두 조 구하는 것쯤은 일이 아니라고 생각했다. 그는 이것을 말미로 모집과장 마누라와 손을 잡았다. 이번까지 놓치면 인생 반은 잃는다고 생각하는 둘째 명갑이의 중앙대학추천을 부탁했다. 안면이 밝은 모집과장 마누라에게서 명갑이의 대학입시도 책임져 주겠다는 약속까지 받아냈다. 인생에서 중요한 것이 얽혀 도는 마지막 개성길이었다.

4

용희는 금천역이 가까워질수록 마음이 울렁거렸다. 열차는 다른 때와 달리 정시로 달리고 있었다. 대여섯 시간밖에 안 되는 가까운 거리지만 부족한 전력 때문에 연착될 때가 많았다. 손님들은 열차 안에서 길게는 이틀을 보낼 때도 있었다. 문무리 쪽에 있는 큰 군수공장에서 사고가 나서 가동을 멈췄다더니 그 전기를 철도에 돌린 모양이었다.

보안원들의 검열은 이미 시작된 것 같았다. 겹겹이 짐을 걷어쥔 한 무리의 사람들이 방통 안으로 자꾸 밀려 들어왔다. 밀고 나갈 틈이 없는 빼곡한 열차 안을 헤집자 아우성소리가 들리고 손님들 사이에서는 마찰이 일어났다.

"복잡한데 왜 한 쪽에 찌그러져 있지 못하고 나다니오?"

"왜 이리 저리 밀려다니는 거요?"

열차의 한가운데 길을 지르고 앉은 손님들은 길을 내주지 않으려고 반발이다.

"다니고 싶어 다니오? 일이 어쩌다 이렇게 되었소. 미안한 대로 길 좀 내주시구려."

짐을 두 개, 세 개씩 거느린 손님들과 바닥에 퍼더버리고 앉은 사람들이 서로 실랑이를 벌인다. 길이 점점 꽉 막히자 뒤쪽에서 사람들 사이를 무작정 헤집고 나오는 파란 정장이 보였다. 그 사람은 "길을 내주라"하고 성난 목소리로 외쳤다. 모두 보안원인 줄 제꺽 알아차렸다. 이 열차 안에서 과감히 반말을 사용하는 사람은 보안원들뿐이다.

짐을 지고 열차 안을 가로지르고 나가는 사람들은 증명서를 빼앗기고 보안원실로 떠밀려가는 단속된 손님들이었다. 용희는 그 속에서 개성공단 초코파이를 가지고 떠났다는 열차원의 친척언니를 보았다. 박스를 넣은 배낭 세 개를 이리저리 둘러메고 처량하게 길을 헤치고 있었다. 용희는 이제 곧 몇 분후면 자기도 저 사람들의 처지가 될 것이라는 생각으로 가슴이 오그라드는 것 같았다.

보안원의 한마디에 아우성소리는 잦아들고 조용해졌다. 보안원과의 거리는 점점 가까워지고 있었다.

아까 보안원실에 갔을 때 책임보안원이 4번째 차량까지의 검열은 최 동무라고 지적하더니 그 최 씨가 온 것 같았다. 최 씨가 앉았던 자리에는 풀도 돋아나지 않는다는데…… 하고 생각했다. 길옆의 좌석에 멈춰선 보안원의 짓수그린 허리 뒤,

깊숙한 주머니 안에는 단속자들에게서 빼앗은 증명서들이 무겁게 실려 있었다. 전보다 훨씬 만만치 않은 검열임을 느끼게 했다.

보안원이 가까이 다가올수록 얼굴은 점점 더 상기되고 가슴은 무릎 아래로 내려앉는 것 같았다. 얼굴빛만 봐도 열일을 알아맞히는 보안원이 용희의 짐부터 먼저 검열할 것 같았다. 되도록 침착해지려고 애쓰는데 잘 안 된다. 심장은 툭 튀어나올 것만 같았다.

점점 거리가 좁혀지고 보안원은 용희네 좌석으로 다가왔다. 검열이 시작되었다. 용희는 여행증명서를 꺼내 손에 꼭 쥐었다. 보안원은 먼저 앞자리 손님에게 손을 내밀었다. 수염이 부스스한 얼굴은 보안원의 눈에 먼저 찍힌 것 같았다. 여행증명서를 보안원에게 내준 손님은 검열 도중에 점잖지 못하게 벌떡 일어났다. 그리고 짐들이 쭉 놓인 당반 위에 손을 가져간다. 용희의 짐에 손을 가져갔다. 흐트러지지도 않고 그대로 있는 짐을 손으로 꽁꽁 여며놓는다. 누가 보면 손님의 짐이라고 착각할 지경이다. 검열을 받을 때는 작은 흠이라도 잡힐까봐 모두 조신하게 행동하려 애쓴다. 참 이상한 행동이었다. 모두의 눈길이 그 손님에게 쏠렸다. 용희는 그냥 얼이 빠진 듯이 앉아있다. 누가 자기물건에 손을 대든지 말든지 말할 상황이 아니었다. 짐을 빼내 가지고 달아난대도 삼켜야 할 대목이었다. 보안원은 손님에게 물어보았다.

"그쪽 짐이야?"

손님은 대답은 않고 어리숙한 눈빛으로 보안원을 응시하기만 한다. 용희로서는 감지해낼 수 없는 행동이다. 보안원은 더 묻지 않고 가지고 온 갈고리로 어설프게 몇 곳을 쿡쿡 찔러보았다. 그리고 아무 일도 없다는 듯 돌아섰다. 벌써 다른 손님의 증명서에 눈길을 주기 시작했다.

용희는 이 순간을 이용할 용기가 생겼다. 도둑 같은 손님이 용희의 짐을 자기 짐처럼 보안원에게 선보인 것이다. 이제는 자기가 할 일을 찾았다. 막혔던 물목이 터진 듯 안도감이 왔다. 보안원은 두 사람을 더 검열하고 용희에게 다가왔다. 표표한 눈길로 증명서를 받아 쥐더니 묻는다.

"짐은?"

짧으나 날카로운 목소리다.

용희는 훌쩍 일어나서 의자 밑에서 짐을 끄집어냈다.

"열어봐!"

보안원은 다시 칼같이 명령했다.

평범한 사품이 들어있는, 별것이 없는 가방을 열어 보라는데 두려울 게 없었다. 가방의 지퍼를 후딱 열어 안을 통째로 들어보였다. 오랜 여행길에 찌든 불쾌한 냄새가 새어나왔다. 얼굴을 찡그린 보안원은 어느새 다른 좌석으로 가버렸다. 주위는 폭풍이 휩쓸고 지나간 것처럼 조용해졌다.

보안원은 점점 안쪽으로 멀어지고 있었다. 용희는 그제야 정신 차리고 앞에 앉은 손님을 쳐다보았다. 눈을 감고 있는데 좀 전과는 달리 선한 미소를 띤 것 같이 보였다. 손님에 대한 묘한 감정에 휩싸였다. 그 순간에 정말로 짐이 아래로 떨어져 사고라도 날까봐 대처한 행동인지, 아니면 이미 용희의 짐을 간파하고 도와주려고 한 행동인지…… 남의 일에 몸을 막아 나서 주는 것도 이해가 되지 않는 일이다. 별말 없이 넘어간 보안원도 어떤 설명이 필요할 것 같다는 생각이 들었다.

하지만 한 가지만 명백했다. 이 손님으로 인해서 아무 일도 일어나지 않았다는 점이다. 고맙다고 말 한마디 건네야 할지, 아니면 뭘 어째야 할지…….

용희는 금방까지 앞자리 손님을 줄곧 도둑으로 몰아붙였다. 위기를 모면한 지금에 와서야 자기가 너무 예민해져 있었던 것이 아닌가 하는 생각도 들었다. 보안원이 손님의 증명서에 토를 달지 않고 소리 없이 지나는 것만 봐도 공연한 오해를 한 것 같아 자책감에 사로잡히기도 했다.

보안원들은 아무리 변장을 해도 나쁜 행인을 알아맞히는 재주가 있었다. 그들은 타고난 감각을 가진 사람들 같았다. 누가 몸 안의 어디에 무엇을 숨겼는지 하는 것을 단 몇 초 안에 알아맞힌다. 용희는 괜히 손님을 의심한 것인지도 모른다는 생각이 들었다. 그래도 손님이 역구내에서부터 따라붙은 것은 도적들의 습관적인 행동으로 잘 용납되지 않는다. 하품하는 사이에 치아에 두른 작은 금박이도 뽑아간다는 사정없는 세월이다. 탕개를 늦추면 안 된다는 생각이 온몸을 다시 꽉 채웠다. 위기일발의 순간에 도적의 행동이 요긴하긴 했지만 유능한 도적이 만들어낸 상황일지도 모른다는 결론에 도달했다.

5

시간은 점점 자정으로 달리고 있었다. 사람들은 머리를 끄덕끄덕거리며 졸고 있다. 용희도 피곤했다. 어제 밤늦게 물건을 넘겨받느라 잠을 설쳤다. 거기에다 무거운 짐을 매고 낑낑거리며 열차에 오르느라 에너지 소모도 많았다. 하지만 이래저래 무거운 심경에 눈을 감을 수 없었다. 아직 남아있는 두 번의 검열을 어떻게 뚫고 나갈 것인가는 생각에 시달렸다.

두 번째 검열은 첫 검열과 같은 차원에서 집약적이다. 세 번째 검열은 평양을 앞에 두고 여행증만 체크한다. 그래도 그때그때 보안원의 기분에 따라 걸려들 때도 있다. 앞자리 손님은 상당히 피곤한 것 같았다. 머리가 아래로 곤두박질치면서 제 정신없이 자고 있다. 차는 벌써 서흥, 석현, 문무리를 지나 흥수역으로 달리고 있었다. 이제 청계, 봉산, 동사리원역을 지나면 사리원역이다. 사리원역에서 많은 손님들이 내리고 다시 새 손님들이 오른다. 사리원역은 큰 역이라 꽃제비들이 무리 지어 출몰한다. 소매치기도 많아 손님들이 무척이나 조심하는 역이었다.

한동안 즘즘하더니 열차 안은 다시 복잡한 상황으로 가고 있었다. 역시 사리원역은 매번 그 모양 그 꼴이었다. 열차에 오른 소매치기들이 슬슬 앞쪽으로 쫓기는 것이 보였다. 보안원들에게 쫓기는 모양새였다. 검열이 다시 시작된 모양이었다. 또 오금이 저려나기 시작했다. 용희는 시름없이 자고 있는 그 손님이 빨리 깨어났으면 싶었다. 손님은 여전히 의자 뒤 벽에 녹아 붙은 것처럼 자고 있다.

'손님이 또 한 번 요술을 부렸으면 좋으련만, 하지만 그런 일이 설마 두 번 일어날라구? 아까는 우연인 거지.'

조급한 마음에 별의별 생각이 다 떠오른다. 하지만 정해진 길은 없다. 그는 답답한 마음에 몇 해 전에 돌아간 시어머니를 황황히 부르기 시작했다.

'어머님, 아까는 어머님이 도와주신 거 맞죠? 미안해요. 머릿속이 복잡해서 어머님께 고맙다는 인사도 못 드렸어요. 이번에도 도와주세요. 어머님이 돌아가신 그 이듬해부터 갑자기 개성장사를 다니게 되면서 우리 집이 번창해졌어요. 이게 다 어머님이 도와주셔서 복 받은 거 아니겠어요? 모든 게 마

지막 길에 승부가 나는 법이에요. 제발 이번 장사까지만 좀 더 거들어 주시어요, 어머님!'

주절주절 외우고 나니 보안원의 푸른 정복이 앞좌석에 머물고 있었다. 이 좌석은 모두 태평스레 졸고 있다. 용희 한 사람을 내놓고는 여행증도 물품도 걸릴 것이 없는 손님들이었다. 용희는 혼자서만 눈을 편히 뜨고 끙끙 앓는 것이 답답해 지그시 눈을 감았다.

"증명서, 증명서!"

앞에까지 온 보안원은 느낌이 없는 여행객들의 태도에 화가 동한 것 같았다. 그제야 용희는 제정신으로 돌아왔다. 이번에는 최 보안원이 아닌 다른 보안원이었다. 벌떡 정신이 들었다.

잠든 앞자리 손님을 깨워서라도 불법물품이라는 것을 알리고 상의를 좀 해볼 것을, 하는 생각이 이제야 들었다.

앞자리 손님은 아직 증명서를 꺼내지 않은 채 눈을 비비며 하품을 날리고 있었다. 남은 애가 타서 죽을 지경인데 태평스럽다는 생각에 아무 이유도 없이 화가 났다. 지난 시간들이 주마등처럼 지나가며 후회, 또 후회가 들었다. 애초에 개성으로 장사 다닌 것부터가 화근이었다는 생각, 그동안 번 돈으로 부를 많이 쌓았다 해도 평양에서 쫓겨나면 무슨 의미가 있고, 명갑이 대학교는 또 어떻게 하고……. 한순간에 눈이

폭 꺼져든 것 같이 우묵해졌다.

이번에는 좌석의 바깥쪽에서부터 검열이 시작되었다. 앞자리 손님은 용희의 얼굴을 슬쩍 곁눈질하며 얄미운 사한 미소를 건넸다. 이번에는 한번 걸려 들어봐라, 심정이 어떤가를, 하고 장난치는 것 같았다. 하지만 용희는 손님에게 부드러운 심정을 건네고 싶었다. 그는 입술을 열 듯 말 듯 움쭉거렸다. 머릿속에서는 상상 이상의 생각들이 떠올랐다.

이 순간을 모면할 수 있는 것은 저 물건을 전부 도둑손님에게 넘겨주는 것이었다.

"도둑 손님, 이 짐을 가지고 빠질 수만 있다면 손님이 그토록 원하는 이 짐을 가지고 이제라도 어서 사라져 줘요. 나도 살고 당신도 사는 길이오" 하고 외치고 싶었다.

보안원이 오기 전, 벌써 용단을 내렸어야 했다. 하지만 이런 마음먹기는 쉽지 않다. 정작 도둑이 들고 뛴다면 미쳐 날뛸지도 모른다. 모든 것이 자기 손에서 썩든지, 버려지든지 해야 욕심에 금이 가지 않는 게 인간의 본능이니까.

보안원은 누구든지 다르지 않았다. 어둠속에서 보안원의 눈길은 칼같이 매섭게 번뜩였다. 보안원은 손님보다 먼저 용희에게 손을 내밀었다. 여행증을 집어 들고 물었다.

"개성엔 왜 갔어?"

"군사 복무하는 아들이 병원에 입원했다는 연락이 와서 갔다 오는 길입니다."

용희는 마음이 안 좋다는 듯 약간 훌쩍거리는 듯한 모습을 연기했다. 그렇게 해서라도 보안원의 마음을 사고 싶었다. 하지만 어림없는 일이었다.

"개성공단 물건은 얼마나 가지고 올랐어?"

보안원은 개성에 갔으면 응당하게 공단물품을 가져왔으리라고 명중해서 묻는다. 용희가 어떻게 대답해야 할지 몰라 망설이는 순간, 마주앉은 도둑손님이 훌쩍 일어섰다. 아까처럼 당반 위에 있는 용희의 짐에 손을 뻗쳤다. 결정적인 순간에 그가 바라던 것이었다. 부정행위 하는 수험생처럼 깜찍하게 눈치를 챘다. 가슴 안에서 묵직하게 잠자던 돌덩이가 뚝 떨어져 내린 것처럼 거뜬해졌다.

"사품밖에 없어요. 아들 면회 갔는데 무슨 짐이 있을라구요. 이게 전부에요."

도둑처럼 용희도 대담해졌다. 의자 밑에 깔린 짐을 집어 들어 보였다. 보안원은 미심쩍다는 듯이 눈을 쪼프리고 노려보듯 하더니 뒤로 돌아섰다. 앞에 앉은 도둑손님의 증명서를 펼쳐들었다.

"여행증에 물자 인수라고 밝혔는데 어느 공장이야?"

도둑손님의 증명서를 들여다보던 보안원이 성급하게 물었다.

"네, 시 도매사업소 인수원입니다."

"인수물자 내용은 뭐야? 물건이 어디 있어?"

보안원이 또 매섭게 몰아붙였다.

"네, 개성에서 만든 천연도자기입니다. 여기 당반 위에 있습니다. 이게 모두 인수해 가는 물건입니다."

도둑손님은 물건이 있는 당반 위를 가리켰다. 그리고 재차 주머니를 뒤지더니 또 한 장의 문서를 꺼내 내밀었다.

"인수 영장입니다."

태연했다. 도둑손님은 이번에는 아예 대놓고 노골적으로 용희의 물건을 자기 물건으로 포장해서 말한다.

보안원이 다시 묻는다.

"개성도자기가 확실해?"

"네, 개성의 작은 도자기 공장에서 만든 천연 도자기 그릇들입니다. 식당들에서 민족성을 살리는 토종 천연도자기들로 교체하라는 지시가 있어 1차적으로 몇 조를 인수해가는 길입니다."

개성에는 진짜 "옛날 토종 천연도자기"라는 이름을 가진 도자기공장이 존재하긴 했다. 사람들의 말에 의하면 자재구비가 어려워 오래전에 폐기된 걸로 알고 있었다. 보안원이 그것까지는 어찌 알 것인가는 생각이 들었다. 보안원은 풀어헤치기는 싫은지 아까처럼 갈고리를 쳐들고 쿡쿡 찍어보더니 또 물었다.

"공단 물건 아니야?"

용희는 속이 후두두 뛰는데 도둑손님은 1초의 망설임도 없이 내꾸한다.

"아닙니다. 의심스러우면 내려서 헤쳐 봐도 됩니다."

도둑손님은 한술 더 뜬다.

보안원은 잠시 망설이더니 증명서를 던져준다. 도둑손님은 얼른 받아가지고 자리에 앉았다. 손님의 얼굴은 아무런 일이 없었던 것처럼 평온했다. 오히려 용희가 혼이 빠져 다리가 후들거린다.

보안원이 사라지자 처음으로 용희에게 한쪽 눈을 껌벅거리며 히쭉거렸다. 용희는 두 번씩이나 구출되고 보니 이 손님이 확실하게 자기를 위해 상황극을 연출했다는 확신이 들었다. 그리고 진짜 인수원이 맞음을 확인했다. 그는 일 년 열두 달, 노상에서 사는 인수원들은 역시 다르다는 생각이 들었다. 공장들에서 인수원들은 활력가로 인정되고 지략 있고 능숙한 사람들로 뽑았다. 보안원들도 국가일로 바쁜 인수원들을 장사꾼 취급하듯 하지는 않는다.

용희는 공과 사가 다를 뿐이지 인수원이나 장사꾼은 노상에서 찬밥을 먹고 고생하기는 비슷하다는 생각도 들었다. 이제야 활 뒤집히듯 생각이 바뀌었다. 평부선을 오가면서 도둑들한테 당한 적도 있지만 상황을 역전시키며 슬기롭게 대처해주는 의로운 사람을 만나기는 처음이었다. 갑자기 낭만이 느껴졌다. 그나저나 그 손님과 자기는 배짱도, 안삼불도 잘 맞는 것 같았다.

더는 손님을 의심할 여지가 없어졌다.

"참, 고마워요. 좋은 손님을 하마터면 도둑으로 몰아붙일 뻔 했어요."

용희는 처음으로 마음을 풀어헤치고 푸근히 웃으며 말했다.

"집밖을 나서면 사람 알아보는 일이 참 어려워요. 세상은 이렇게 서로 믿고 살아가는 겁니다. 바쁜 사람 도와주며 사는 게 미덕이지요."

용희처럼 마음을 웅크리고 사는 사람들에게 주는 일종의 훈시 같기도 하다. 그제야 다시 보니 늘 노상에서 일을 보는 손님의 외모가 돋보여 보였다. 더부룩한 머리와 턱수염은 텁텁하게 살아가는 인수원들의 내면의 세계라고 찬탄했다.

"어디서 내려요?"

그제야 손님이 어디까지 가는지 알고 싶어졌다. 마지막까지 동행해 주었으면 하는 바람도 있었다.

"나도 평양역에서 내려요. 아줌마 가는 곳까지 가면 되우."

용희는 평양역까지 간다는 말을 내비친 적이 없었다. 살짝 의심이 또 머리를 쳐들었지만 의심병이라고 자신을 질책했다. 하여튼 이번 길은 이 손님과 한배를 탄 게 얼마나 다행한 일인지 몰랐다.

손님은 인수원이라는 직책으로 개성에 많이 다닌다고 했다. 그래서 용희의 물품이 무엇인지를 단숨에 알아보고 손을 썼다고 말했다. 용희는 손님에게 물건의 용도에 대해서까지 솔직하게 말해주었다. 여행길에서 모르는 손님들끼리 속사정을 나누는 것쯤은 지나친 일이 아니었다.

손님에 대한 믿음이 꽉 차올랐다. 여기까지 신세를 졌으니 아예 평양역 구내를 빠질 때까지 마저 신세를 지고 싶었다. 아직 고비는 더 있지만 운 좋은 사람 옆에 딱 붙었으니 다 된 떡을 손에 쥔 기분이었다.

"손님, 정말 고마워요. 이왕 도와준 김에 열차에서 내려 역 구내를 빠질 때까지 손님 수고 한 번 더 빌릴 수 없을까요?"

용희는 이왕 신세진 김에 냅다 몰아붙이기로 작정했다. 그리고 신세 갚음도 암팡지게 하고 싶었다.

"그럽세다, 뭐……."

손님은 이번에도 별거 아닌 거로 으쓱하는 눈치를 보이며 흔쾌히 대답했다. 열차는 부지런히 달렸다. 정방, 짐촌, 황주, 긴등, 흑교, 중화를 비롯한 지방 역들을 거의 통과하고 있었다. 종착역인 평양역이 가까워지는 동안 보안원들의 검열은 한 번 더 있었지만 탈 없이 넘겼다. 손님의 지혜는 또 한 번 용희의 감탄을 불러 일으켰다.

6

평부선은 정시에 평양역에 도착했다. 열차를 탄 이래 연착 없이 도착해보기는 처음이었다. 평양은 아직 새벽이었다. 모든 검열을 무사히 마치고 평양역 개찰구를 빠져 나왔다. 물론 손님은 물건을 함께 거들어 주며 마지막까지 따라붙었다. 지옥을 떠나 세상 밖으로 나온 기분이었다. 그는 평양 역사를 뒤돌아보며 의미 깊은 미소를 지었다. 죽을 수가 있으면 살 수도 있다더니 이런 경우를 두고 하는 말인 것 같았다. 간난신고는 다 물러갔다. 용희는 함박 같은 웃음을 짓고 손님에게 허리가 부러지게 고맙다는 인사를 여러 번이나 했다.

그는 사례를 톡톡히 하고 싶었다. 배낭 안을 뒤져 열차 안에서부터 주려고 벼르던 초코파이를 꺼냈다. 이번에는 명갑이 먹을 것을 몇 개 남기고 전부 걷어 싸안았다. 초코파이의 개수는 거의 100여 개였다. 전에는 개당 200원에 시장아줌마들에게 넘겨주었는데 이제는 물건이 말라 값이 뛰었을지도 모르는 상황이다. 쌀로 계산하면 10여 킬로 값에 해당된다. 판매자들은 시중에서 팔지 못하고 법의 눈길을 피해 요구자들을 불러들여 거래하면 더 붙인 값으로 쌀 15킬로 값에 해당된다. 애를 태우지도 않으며 잘 팔리는 물건이다. 개성공단이 폐쇄되었으니 이것도 마지막으로 가지고 온 물건이다. 이 중한 것을 이 손님에게 전부 드리고 싶었다.

"손님, 고마워요. 정말 보기 드문 의로운 사람이군요. 살다가 이런 큰 신셀 져보기는 첫일이에요. 사실 처음에는 오해도 좀 있었는데 잊어줘요, 사람은 베푼 것만큼 복이 들어온대요. 손님은 고운 마음씨 가진 것만큼 일이 잘 될 거에요."

여기까지 무사히 온 것은 손님 때문이었다. 찬탄도 무엇도 아깝지 않았다. 손님과 집 주소도 교환했다. 용희는 이 정도의 초코파이면 신세 갚음에 적은 것이 아니라고 생각했다. 초코파이를 싼 보자기를 손님의 손에 꼭 쥐어주었다.

하나 어쩐지 손님은 아까보다 얼굴 표정이 굳어져 있었다. 눈빛이 차갑게 반들거렸다. 밝은 표정으로 들떠 있던 용희도 갑자기 서먹서먹해졌다. 손님은 용희가 주는 초코파이 보자기를 손에 받아 쥐는 듯 하더니 보란 듯이 바닥에 탕 던져버렸다. 통 알 수 없는 행동이었다. 갑자기 소름이 돋고 오싹해졌다.

"어, 왜 그러세요? ……."

용희는 가슴이 서늘해져서 가늘게 한마디를 내뱉었다.

이제까지 보아온 손님의 모습은 사라지고 없었다. 기겁해 있는 용희의 눈빛을 살피더니 곁으로 바투 다가왔다. 거머리처럼 몸에 착 달라붙더니 귓가에 대고 낮고 징글징글한 목소리로 말했다.

"신세 갚음이 고작 이거요? 아줌마 같은 사람 살려주느라 역전에서 며칠 밤을 새운 줄 아시오? 몸무게는 얼마나 줄고? 고작 요걸 위해서 고생했을까……."

도둑은 더운 입김을 귓가에 몰아넣었다.

용희는 그제야 손님의 의도를 알아차렸다.

'도둑이 맞네. 뛰는 놈 위에 나는 도둑!'

입가로 쓴 웃음이 새어 나왔다. 용희는 비록 여자지만 용기 있고 결단이 있었다. 결패와 뱃심이 없다면 5년간이나 이 두려운 장사를 해왔을까? 그는 도둑과 질질 끌고 싶지 않았다. 작은 골목도 아닌 평양 역두 앞에서 다툼을 벌이고 언성이 높아지는 날에는 역 주변을 도는 보안순찰대에 또 걸려들 수 있었다. 열차에 앉아도, 열차에서 내려도 사방 어딜 가나 검열이다. 조심해야 했다.

용희는 급할 때 쓰려고 꽁꽁 싸매두었던 달러 두 장 중에서 한 장만을 꺼내들었다. 어쨌든 도움을 받았으니 보안원에게 주나 도적에게 주나 마찬가지라고 생각했다.

"옛소, 얼른 가지고 가오."

용희는 달러 한 장을 도둑에게 내밀었다. 도둑은 입을 비쭉이 내밀고 머리를 흔들흔들 했다.

"아줌마, 요걸로는 안 돼오. 한 장 더 내놓소. 추방도 면하고 아들 대학준비도 했는데 아쉬운 게 뭐요? 우리 같은 사람에게 하루벌이 톡톡히 해준답시고, 거 두 장만 주소. 그래 봐야 이백 달러요. 걸려들면 이백 달러만 쓰겠소? 이천 달러는 들여야 시내에서 살아남지 않겠소? 안 주겠다면 저기 보안순찰대에 고발하겠소."

감당이 안 되는 도둑이었다. 용희는 고발하겠다는 말에 다시 가슴이 서늘해졌다. 혹독하게 짜낼 줄 아는 도둑이었다. 무슨 말로 사정한들 도둑을 당하랴 싶었다. 용희는 풀이 죽어 남은 한 장을 마저 꺼내 도둑에게 내밀었다.

그제야 도둑의 퍼렇게 굳었던 얼굴근육이 풀어졌다. 다른 때 같으면 보안원에게 백 달러를 주면 그만이었다. 이번에는 얼마 안 되는 짐을 가지고 2배를 빼앗겼다. 귀싸대기라도 날리고 싶은 심정이지만 참았다. 두 장을 꿀꺽 삼킨 도둑은 그제야 땅에 버려진 초코파이에 손을 뻗쳤다. 초코파이까지도 삼키려는 심산이었다. 용희는 정신을 차리고 달려들어 도둑이 쥔 초코파이 보자기를 확 잡아챘다.

"사람가죽 쓴 거 맞소? 이건 안 돼!"

도둑은 약간 당황한 듯싶었다.

"아-아-, 알겠소…… 아줌마 몫으로 남는 것도 있어야지."

도둑은 획 돌아서 가려다가 다시 돌아섰다.

"아줌마, 한 가지 더 알려줄 게 있소. 짐을 끌고 곧장 집으로 들어가지 마오. 오늘 아침부터 남조선 상품배척운동이 벌어진다오. 가택수색도 한다고 하오. 아줌마는 이미 개성 장사꾼으로 소문이 났으니 보안서에 등록된 인물이요. 짐을 다른 곳으로 대피시키오."

도둑은 미련 없이 돌아섰다. 용희는 돌아서서 도둑의 뒷모습을 얼없이 지켜보았다. 도둑은 스적스적 걸어 어느새 역사 앞의 불빛이 환한 곳 가까이 향하고 있었다. 그때였다. 도둑을 향해 다가오는 낯익은 모습이 드러났다. 열차에서 본 파란 정복의 사나이, 책임 보안원이었다. 둘은 약속한 듯 만나고 있었다. 용희의 입가에서는 저도 모르게 "아!" 하는 탄식이 흘러나왔다. 야속함도 후련함도 없었다. 공허함만이 가슴 안을 한가득 메웠다.

철원에서 생긴 일

김정애

김정애

1968년 청진에서 태어나 2003년 탈북, 2005년 한국에 입국했다. 2014년 『한국소설』에 단편소설 「밥」으로 신인상을 수상하며 등단했다. 2019년 서울 시인협회 추천신인상 공모전에 「장마당에서」 외 4편이 당선되면서 작품 활동을 시작했다. 단편소설 「소원」으로 북한인권문학상 수상(2014년), 북한 인권을 말하는 남북한 작가 공동 소설집 『국경을 넘는 그림자』와 『금덩이 이야기』 『꼬리 없는 소』 『단군릉 이야기』에 참여했다. 월간지 『월간북한』에 장편소설 『둥지』를 연재했다. 전 조선중앙작가동맹 산하 함경북도 작가동맹 문학소조원. 2016년 제82차 국제PEN 스페인 오렌세이 총회 북한대표로 참가, 2017년, 2018년, 2019년 제85차 국제PEN총회 북한대표로 참가했다. 현재 국제PEN망명북한작가센터 이사장을 맡고 있으며, 자유아시아방송 기자로도 활동하고 있다.

1

어슬녘이 되자 토막골을 휩쓰는 눈바람이 기승을 부린다. 깊고 긴 광주령고개를 넘어온 뽀얀 눈보라가 쌩쌩 갈기를 일으키며 낮에 조금 녹아 번들거리던 찻길을 금세 빙판으로 만들었다.

추위에 발을 동동 구르면서도 담배며 빵이며 사탕이 든 상자를 목에 걸고 손님들을 쫓던 '사시오!' 장사꾼도 모두 사라진 뒤, 지척을 분간할 수 없는 눈길에 누군가 나타났다. 눈보라에 허옇게 된 외투자락은 바람에 찢길 듯 펄럭이고 휘청거리는 걸음은 당장 쓰러질 것 같다. 가까스로 역에 다다른 노인은 목에 둘렀던 재색목도리로 눈을 털며 대합실문을 열었다. 주름진 얼굴에 흰 눈가루를 쓰고 나타난 노인은 토막골의 전쟁영웅 박병수다. 그가 들어서는 통에 눈가루가 확 쓸려들었다. 안의 사람들이 노인을 보며 눈살을 찌푸린다.

"에이 씨, 거기 문 좀 빨리 닫기요. 추워죽겠네!"

새파란 애송이 청년이 매운 냉기에 기겁하며 꽥 소리를 지른다. 그러거나 말거나 박병수는 태연한 눈빛으로 주위를 둘러본다. 외줄에 매단 전등이 담배연기가 자욱한 시골역 대합실을 침침하게 비추고 기차를 기다리는 사람들이 여기저기 앉았다. 평소라면 고작 열 명 안팎이었을 대합실에 오늘 따라 얼핏 봐도 서른 명은 넘을 사람들이 있는 걸 보면 오늘은 분명 기차가 있긴 있는 것 같다. 사흘 만에 기차가 온다는데도 사람들은 기차미정이나 연착에 별 관심이 없는 것처럼 무표정한 얼굴이다.

여느 날보다 적잖은 사람들이 모였지만 긴 나무의자엔 아직 빈자리가 많았다. 박병수는 구석 쪽으로 갔다. 두꺼운 동복 깃에 얼굴을 파묻은 여자가 미동도 없이 옹크리고 앉은 비어있는 옆자릴 가리키며 "여기 자리 있소?"라고 물었다.

"없어요."

여자는 배시시 얼굴을 내밀고 노인을 힐끗 쳐다보고는 다시 목을 움츠린다.

"아재는 어디로 가오?" 박병수가 앉으며 묻는 말이다.

"갈마에 갑니다" 얼굴을 묻은 채 말하는데도 박병수는 반색한다.

"원산 갈마 말이요? 나도 그 방향인데, 참 잘 됐구만. 그런데 기차는 언제부터 기다렸소?"

아침부터라는 여자의 말에 노인은 오늘은 기차가 분명 있냐고 또 묻는다. "안내가 있다면 있겠죠, 뭐." 여자는 심드렁하니 대답을 하면서도 아침에 물었을 때도 후창에 있다던 기차가 아직도 후창을 떠나지 않았다고 얼굴을 들고 덧붙여 말했다. "후창이라……." 박노인이 입속말로 되뇌며 눈을 감는다. 방진, 락산, 관해, 삼해, 부거, 사구, 련진, 승원, 토막…… 결국 아홉 개의 역을 두고 열차가 삼 일 동안 움직이지 않았다는 말이다. 우물우물 역을 세어보던 박노인이 불안한 눈길로 벽시계를 쳐다본다. 무슨 급히 가야 할 일이 있는 듯했다. 안절부절못하며 손 전화기를 꺼내 들고는 잠시 뜸을 들이더니 어인 일인지 다시 집어 넣는다.

저쪽 불 꺼진 안내실 창문은 커튼으로 가려졌다. 기차가 미정이어서 그런지 난로 주변 사람들은 한창 놀음에 들떠 있다. 콘크리트 바닥에 양반다리를 틀고 주패장(카드)를 패대기는 소리에 함성까지 터진다.

"야바리 빵, 빵자 없어? 누르라고. 눌러 버리라니까."

다 식은 연통을 안고 난로 위에 앉은 애송이 청년이 등이 달아 끼어든다. 이러한 장소에서는 초면 구면이 따로 없이 누구나 훈수꾼이다. 둘러선 구경꾼들도 저마다 웅성거린다.

"왜 없어? 있지, 자아, 야바리 빵! 이거문 되겠지, 흐흐흐……."

좁상의 사내가 얄미운 웃음을 바르며 검지와 장지 사이에 낀 주패장을 홱 돌려 보인다. 고양이 발 모양의 A자다.

"거, 주변 3방송은 좀 끄기요. 양?"

패쪽이 불리해진 사내가 신경질적으로 훈수한 애송이를 째려본다.

"자자, 생활총화는 후에 하고 어서들 오기요. 자 이쪽으로."

흐뭇해서 이죽대는 좁상의 사내 앞에 짤락 동전 몇 닢이 떨어졌다.

"이 사람이 역전에서 주패로 가족을 먹여 살렸다던 그 사람이요?"

"왜 아니겠소."

조롱인지 모를 우스개도 좁상은 여유작작하게 받아친다. 주패가 몇 고패 돌고 더러는 일어나 몸을 털고 더러는 사람이 바뀌며 다시 이어졌다.

낮에 난로에 석탄을 떠 넣던 역무원이 퇴근한 뒤로는 대합실도 코끝이며 발끝이 다 얼 정도다. 초저녁에 불이 꺼진 안내실은 몇 시간째 깜깜이다. 얼마 후 주패판에 끼어 훈수를 치던 애송이도 지루했는지 난로에서 내려 안내실로 향했다.

"안내원 동무, 안내원? 거, 안에 누구 없소?"

안에선 아무 기척도 없다. 그는 좀 더 세게 유리창을 두드린다.

"아따, 이보오. 안에 근무자 없어? 아무리 미정이래도 대체 어디쯤 왔는지는 알아야 집에 가 자고 오든지 말든지 할 게 아니야? 엉? 누가 없어?"

주위 사람들이 시선이 집중되자 애송이는 한층 기가 살아 안내실에 대고 목청을 높였다.

"아침부터 온다던 열차가 대체 어떻게 된 거요. 오늘도 미정이요? 기차가 오다말고 어디서 얼어붙었소? 이보시오, 안에 사람 없소? 엉?"

번쩍, 불이 켜졌다. 창을 가렸던 커튼이 확 걷히며 단발머리 처녀가 눈을 비비며 창가에 나타난다.

"온성 평양행은 미정이고 라진 갈마행은 후창에 있습니다."

"후창? 이보오, 알아보기나 하고 내뱉는 소리요? 삼일 전부터 후창이라더니 언제까지 후창일 셈이요?"

그는 안내원이 열차상황을 알아보지도 않고 짐작대로 말한다고 여기는 것 같았다.

"열차가 지금 정차된 역이 후창이니 후창이라 하는 거고 미정이니 미정이라는데 왜 나한테 시빕니까? 기차가 들어오면 어련히 알려주지 않을까 봐 이 야단임까?"

중학교를 갓 졸업한 듯 보이는 단발머리는 눈을 올롱히니 치뜨고 내쏘는 게 보통내기가 아닌 듯싶다.

"아재, 손님이 기차가 어디까지 왔는지 좀 알자는데 뭐 잘못됐소? 거 말이 너무 경사진 거 아니요? 친절하지 못하게스리 말이야."

"안내원인들 어쩌람까. 정전이 돼서 미정이라는데 기차를 끌고 오랍니까 밀고 오랍니까. 사령실에서 오늘은 꼭 온다니까 오겠거니 하는 게 손님이나 나나 마찬가지 아님까?"

손님에게 치일대로 치어서인지 안내원도 눈을 올롱하니 치뜨고 쏘아붙인다.

"하, 그럼 안내가 할 일이 뭐요. 근무실에 나와서 잠만 자는 거요? 그리고, 안내판은 여기 왜 있소. 열차가 어디쯤 왔는지 시간마다 알리는 게 안내의 기본이 아니요?"

청년의 말이 채 끝나기도 전에 커튼이 확, 내려졌다. 키득키득 웃는 소리가 여기저기서 들렸다. 기차가 오지 않는 게 안내원의 탓이요? 악을 쓰며 떠들어봤자 아무 소용도 없는 일이다. 안내실 옆에 걸어놓은 칠판에는 언제 써놓았는지 시간마다 미정, 미정 또 미정이다.

"미정, 미정, 잘한다 잘해. 기찬지 달구진지…… 철도는 나라의 동맥? 흥! 동맥 같은 소릴 하구 자빠졌네."

"무슨 놈의 열차가 백리 밖에서 사흘째나 서있냐 말야. 남들은 비행기로 하루면 지구를 한 바퀴 돈다는데 이건 손톱눈만한 땅에서 기어 다니는 꼴이라니, 젠장."

"내 말이 그 말이요, 차라리 기차가 없다면 미련 버리고 걸어 다니지나 않겠소? 갓 쓰고 당나귀 타던 봉건 때처럼 말이요, 글쎄, 미정도 어쩌다 한 번이지 이게 뭐요, 날마다 몇 년째니……."

이때다 싶었던지 서로가 쌓였던 한탄을 마구 쏟아냈다.

밖에서는 얼어 죽을 사람 빨리 나오라고 눈보라가 기승을 부린다. 대합실 문이 덜커덕거릴 때마다 문틈으로 눈가루가 새어들었다. 벌써 출입구 앞에는 그렇게 쓸려 든 눈이 수북하다. 밤이 깊어질수록 두런거리던 말소리도 차츰 줄어들고 괴괴한 정적이 찾아들었다.

아침에 나온 순희는 하루 종일 아무것도 먹지 못한 채 가만히 앉아 있다. 이쯤 되면 열차가 보름 전에 도착하긴 통 글러먹었다. 주머니에 넣은 손이 저도 모르게 꼼지락거린다. 늦어도 열흘 안에 도착할 것으로 예상했는데 보름이면 가진 돈이 턱없이 부족하다. 빵 한 개로 요기라도 하면 좋으련만 나중에 돈이 없어 길에서 오도 가도 못하게 될까봐 꾹 참고 있는 중이다. 역 앞 매대에서 먹을 것을 사다 먹는 사람들을 보지 않는 게 편해 지금껏 구석만 지키고 있다. 강원도 평강에 시집간 언니가 식량을 도와준대서 떠난 걸음인데 이쯤 되면 돌아올 길도 막막하다. 곁에 앉은 노인이 추워 떠는 순희에게 슬그머니 목도리를 건넸다. 순희는 먹을 거라면 더 좋았을 거라고 생각하며 샐쭉 웃어 보였다. 먼 길에 동행할 사람을 만난 것도 은근히 기뻤다.

"난 철원 맏아들 집에 간다오. 마누라가 한 달 전에 거기로 갔거든."

박노인도 순희가 웃어 주니 마음이 훈훈했는지 응수를 했다. 노인의 아내는 한 달 전 폐암말기로 시한부 진단을 받자 치료를 거부하고 강원도 철원 부근의 분계연선에서 여단장을 하는 맏아들 집에 갔단다. 가지 말고 치료를 받자는데도 부득부득 떠나갔단다. 한데 어제 맏아들이 어머니의 임종이 가까워졌다고, 무언가를 자꾸 찾으니 빨리 오시라는 전화를 했다고 한다.

사실 박병수노인의 가정은 토막골에서 유일한 총대집안이다. 맏아들은 전방지역의 1군단 산하 저격여단 여단장이고 둘째 아들은 강건군관학교 정치부부장, 그리고 막내아들은 9군단 산하 연대장이다. 아들 셋을 조국보위초소에 세운 박노인을 두고 주변에선 선군시대의 '총폭탄가정' '총대집안'이라며 존경과 찬사를 아끼지 않았다. 박병수 본인 역시 지난 6·25 전쟁 당시 낙동강전선까지 내려간 '전쟁영웅'이다. 전쟁 노병 박병수는 6·25 전쟁 시기 17살의 군인이었다.

2

대오는 며칠째 빗속을 뚫고 남으로만 진격했다. 진격행렬이 지나간 도로며 산길은 누런 낙엽과 흙탕물이 뒤섞여 진창길이 된 지 오래다. 구질구질 내리는 빗속에서 군인들의 패기는 사라지고 대오는 늦서리를 맞은 뱀 마냥 휘적대며 나아갔다. 흙탕 범벅인 군복과 신발은 천근같이 무거웠다. 낙엽 위에 떨어지는 빗소리가 굵어지는 밤이면 대오에서 잔잔한 흐느낌이 흐른다. 강제로 징집된 17살 안팎의 신입병사들은 진창에 미끄러져 나동그라지면 대놓고 엄마를 부르며 운다. 신입병사 박병수도 마찬가지다. 체격이 커서 구대원들이 틈만 나면 장구류를 얹어주는 바람에 등짐은 남보다 늘 두 배다. 빗물에 젖은 눈을 슴벅이며 무거운 배낭을 추스를 땐 엄마 생각이 간절했다. 애지중지 키워주던 엄마의 따뜻한 목소리가 있는 고향집, 그리고 떠나올 때 눈물을 흘리며 따라서던 엄마가 자꾸 어른거렸다. 숨어 있던 뒤뜰의 김치 움도 그립다.

17살부터 징병을 뽑는다는 소식에 어머니 한씨는 3대독자

외아들인 병수를 뒤뜰 김치 움에 숨겼다. 아들을 전쟁터에 보내느니 전쟁이 끝날 때까지 숨기려는 속셈이다. 전쟁이 일어난 지 두 달 가까이 아들이 먹을 밥과 배변통을 움에 나르던 한 씨는 앞집 명수가 징병에 끌려간 뒤로는 낮에는 움 가까이에 얼씬하지도 않았다. 협동조합위원장이 군사동원부 군관과 함께 16살부터 또 가족이 달린 50세 가장까지 마구 징집하고 있어 개 짖는 소리만 나도 문밖에 일절 얼굴을 내밀지 않았다.

8월 중순이 지난 어느 날, 싸늘한 선기에 밤잠을 설친 한 씨가 새벽에 이불을 안고 움막에 갔다가 그만 공교롭게도 협동조합위원장에게 들켜버렸다. 때마침 집 앞을 지나던 조합위원장이 수상한 한 씨를 보고 살그머니 뒤를 밟은 것이다. 친척집에 간 뒤 감감무소식이라고 속였던 병수는 그렇게 발각돼 즉시 군에 징집되었다.

떠나는 날 어머니는 자신의 결혼반지를 뽑아 저고리고름에 넣어 아들허리에 동여매 주었다.

"병수야, 몸조심하고 꼭 살아서 돌아오너라."

그런 엄마의 모습을 그리며 병수는 슬그머니 허리춤을 만져 보았다. 따뜻한 온기가 느껴졌다.

며칠간의 행군 끝에 도착한 곳은 남쪽의 어느 한 시골마을이다. 산기슭에 낮은 초가가 점점이 박혀 있는 마을은 지금 전쟁 중이라고 믿기 어려울 만큼 조용했다.

"대대장동지, 마을이 텅 비었습니다."

"모두 피난을 간 것 같습니다. 아무도 없습니다."

"그래? 저쪽은?"

대대장이 마을 한 쪽에 어슴푸레 드러난 기와집을 가리킨다. 굴뚝의 연기가 하늘가로 잔잔히 흩어지는 것으로 보아 사람이 있는 것이 분명했다. 우르르 병사들이 몰려갔다. 네 귀가 번쩍 들린 번듯한 기와집이다. 한 병사가 주먹으로 대문을 두드리며 소리쳤다.

"계시오, 주인 계시오?"

둔중한 소리가 새벽을 깨며 사방으로 퍼졌다.

"누구세요?"

안에서는 이내 인기척이 나고 스무 살 안팎의 여자가 대문을 연다. 눈앞의 병사들을 본 그녀는 악센트가 높고 남루한 행색의 병사들이 처음이 아닌 듯 차분한 기색이다.

"당신이 이집 주인이오?"

대대장이 물었다.

"네, 그렇습니다만……."

대대장이 이내 뒤에 선 대원들에게 턱짓을 한다. 몇몇이 대문 안으로 뛰어 들어가 샅샅이 수색하고는 다시 대열 앞으로 돌아와 빈집이라고 보고했다.

그제야 대대장은 여유로운 얼굴로 여자에게 다가섰다.

"놀라지 마시오. 보면 알겠지만 우린 낙동강으로 진격하는 인민군이오. 그리고 난 이 부대의 대대장이고. 오늘 아침식사는 여기서 해야겠소. 먼 행군으로 병사들이 지쳤으니 든든히 먹을 수 있게 협조를 하시오. 알겠소?"

여자가 고개를 끄떡이자 대대장은 "식사당번 외에 모두 주변인가에서 휴식한다. 식사가 끝나는 대로 출발한다. 이상!"

명령이 떨어지자 중대들에서 취사병이 선출됐다. 병수는 입대 후 2중대의 고정 취사병이다. 누구보다 체격이 크고 튼튼하다는 게 매번 취사병이 되는 이유다. 주인집 여자가 창고에서 하얀 입쌀이 가득한 쌀독을 내주고 닭장의 빗장을 뽑아주자 취사병들이 바빠졌다. 오랜만에 쌀밥에 닭고기를 먹게 된 병사들은 신나서 솥을 건다, 물을 긷는다, 닭을 잡는다며 야단법석이다. 얼떨결에 물지게를 지고 나선 병수를 본 황해도내기가 장작부터 갖다 놓으라고 소리쳤다. 말없이 취사준비를 거들던 주인집 여자가 병수에게 뒤뜰에 가보라고 알려주었다. 장작더미는 가을 볏섬낟가리처럼 쌓여있었다. 장작더미에 다가가 한 아름 그러안으려던 병수가 악, 하고 소리치며 벌렁 나자빠진다. 바늘로 콕 찌르는 예리한 통증이 종아리에서 정수리 끝까지 쭉 뻗는 바람에 내지른 비명이다. 누렇고 기다란 것이 발밑에서 꾸물대더니 스르륵 장작더미로

스며들었다. 숨넘어가는 소리에 병사들이 우르르 몰려왔다.

"뭐야, 왜 그래?"

장작을 먼저 가져오라던 경갑이가 물었다. 달포 앞서 입대했다고 큰소리치던 황해도내기다.

"뭐가 여기를 물었습니다."

"뭐라고? 뭐가 물었는데. 어떻게 생겼어?"

뒤미처 달려온 부대원들이 다그쳐 물었다.

"기다랗게 생겼습니더."

울상이 된 병수가 두 팔을 양쪽으로 쫙 벌린다.

"뱀에 물린 것 같습니다."

걷어 올린 종아리에 두개의 이빨자국이 선명하게 찍혀 있다.

"뱀? 무슨 색깔이야."

"똥색입니다."

똥색이라면 살모사다. 모두가 아연실색하며 사색이 되었다.

"얼만큼 커?"

"이만합디다."

이번에는 팔을 양껏 펴 보이며 오만상을 지었다.

"야, 업혀. 멍청한 놈. 눈깔은 어디다 두고 사고를 쳐? 어서 방에 들여다 눕혀."

병수의 중대장이 우락부락 신경질을 부리자 이때다 싶은 경갑이가 냉큼 나선다. 그는 병수에게 등을 들이대다 말고 코를 싸쥐더니 그의 뒤통수를 '탁' 쳐 갈긴다.

"얌마, 이 반네미(빈편)새끼, 오줌 쌌어? 가는 곳마다 찔찔 짜대더니 이런 병신."

마라초를 입귀에 꽂아 문 중대장이 양미간을 찌푸리고 성냥불을 북 그어 붙였다.

"위생병, 저걸 어떡해? 뭐라도 좀 해봐."

"중대장동지, 현재 뱀독을 해독할 약은 없습니다."

"뭐야, 그럼 아무 대책도 없단 말이야? 그냥 죽어야 돼?!"

"네. 현재로선…… 당장 링거를 꽂고 해독해야 하는데 지금은……."

방법이 없다는 것은 병수가 죽는다는 말이다. 뱀에 물린 자리로 검붉은 피가 배어 나왔다. 위생병이 다짜고짜 물린 데를 칼로 찢고 종아리를 쥐어짰다.

"엄마- 나는 죽소, 병수가 죽소! 엄마-아-"

꺼멓게 부어오르는 다리를 보던 병수가 으앙 황소울음을 터트렸다.

"아니, 뭐 이따위가 다 군대에 나왔어?"

이때 주인집 여자가 나타났다. 병사들을 비집고 나선 그녀는 잠시 숨을 고른 뒤 다짜고짜 병수의 바지혼솔을 쭉 찢었다. 입은 저고리 고름을 뜯어내 병수의 허벅지를 질끈 동인 그녀는 뱀독을 빨아내기 시작했다. 순식간에 여자의 입언저리가 빨건 피로 낭자했다. 피로 매닥질 돼서도 연거푸 피를 빨아내는 여자를 보고 어떤 병사는 얼굴을 돌려버린다.

“엄마, 나 죽소. 엄마-아.”

죽는다고 고함치는 병수의 눈앞에 엄마가 나타났다. 뱀에 물린 상처를 보듬는 여인은 어쩌면 징집되어 끌려가는 병수에게 저고리고름을 뜯어 허리춤에 매주던 엄마의 그 모습이었다. 가물거리는 의식 속에서 엄마를 본 병수는 그제야 안도하며 눈을 감았다.

몇 시간이 흘렀는지. 식사를 마친 병사들이 출발을 서둘렀다. 시간이 급박한지 간단없는 구령에 맞춰 병사들이 일사불란하게 대열을 지었다. 인민군이 떠나자 북적이던 마을에 다시 고요한 평온이 깃들었다. 여자는 중대장이 주고 간 종잇장을 폈다. 낙동강까지 가는 진격약도였다. 회복되면 이 약도를 따라오라고? 생사를 모를 사람에게 약도라니? 여자는 전쟁이, 인민군이 참 잔혹하다고 생각했다.

3

인민군이 떠나간 한적한 마을. 엄마를 찾는 병수의 헛소리가 계속되고 여자는 앵두나무 잎과 따드릅 잎을 짓찧어 갈아

붙이느라 밤을 새웠다. 열이 오르면 이마에 찬 수건을 얹고 다리의 독이 퍼지지 못하게 아래로 쓸어내렸다. 다행히 병수는 죽는다고 고함을 치다가도 여자가 꼭 안아주면 진정되곤 했다. 병수는 부대가 떠난 지 이틀만에 깨어났다. 어리둥절한 눈빛으로 주위를 둘러보던 병수는 옆에 앉은 여자를 보자 정신이 또렷해지는지 일어나 앉았다. 방금 적신 물수건을 손에 쥔 여자의 눈이 화등잔처럼 커졌다. 반가움이 한가득 어린 눈이었다.

"누구요? 여기가 어디요?"

"어머? 깼네. 여긴 철원 동송 마을이야, 우리 집. 넌 뱀에 물려서 여기에 떨어졌어."

그제야 병수는 며칠 전 취사준비를 하려고 뒤뜰에서 장작을 안다가 뱀에 물린 일, 치료책이 없다던 위생병의 말, 멍청하다고 꾸짖던 중대장이며 업히라고 뒤통수를 친 황해도내기 경갑이, 그밖에 달려와 상처를 처매주던 여자 모습까지 하나둘 떠올렸다. 여자 혼자만 보이는 걸 보면 모두 진격의 길에 나선 것이 분명했다. 병수는 안도의 숨을 길게 내쉬었다.

"이젠 정신이 좀 드니? 너 하마터면 죽을 뻔했어. 이렇게 깨어나서 정말 다행이다."

찜질을 멈춘 여자의 얼굴에 감격의 미소가 어렸다.

"많이 아팠지? 얼른 더운 물에 씻고 뭐라도 좀 먹자."

아직 찢어진 종아리에 통증이 느껴졌지만, 여자의 다정한 말에 아픔은 한결 가셔졌다.

그로부터 사흘이 지나자 여자는 커다란 나무함지에 따뜻한 물을 가득 채우고 병수를 조심스럽게 부축해 들어앉혔다. 오랜만에 따스한 물에 들어가자 전신이 녹아내리는 것 같았다.

여자의 손길이 닿을 때면 머리끝까지 짜릿한 전율이 흘렀다. 더구나 허벅지에 닿는 여자의 손길이란 도저히 참아낼 수 없었다. 어느 순간 병수는 신음하며 여자의 손목을 움켜잡았다. 멈춰선 둘의 눈이 허공에서 부딪친 채 파르르 떨렸다. 이윽고 여자가 미소를 지으며 병수의 목을 살포시 그러안았다. 여자의 가슴이 뭉클 닿으며 심장이 하나가 돼 요동쳤다. 난생처음 느껴보는 감정이었다.

"병수야, 난 이 집 딸이 아니고 이 집에 시집을 왔어. 너도 이젠 뱀독이 완전히 빠진 것 같구나. 이젠 살았어!"

목욕을 끝내고 펴놓은 자리에 가지런히 누운 채 여자가 하는 말이다. 말투도 얼마나 상냥하고 다정한지, 병수는 벅벅 뒤통수를 긁었다.

"저어 거긴 나이가 어떻게 되오? 난 열일곱 살인데……."

"음 내가 스물한 살이니 누나구나. 이름은 오복녀. 우리 아버지가 오복을 갖고 살라고 그렇게 지었대. 그래서 아마 이

집에 시집오게 된 건지도 몰라."

"그런데 시댁 식구들은 다 어디 가고 혼자요?"

병수는 짐짓 어른스러운 투로 물었다.

"전쟁이 일어나면서 친정 엄마의 병세가 더 위독해져 며칠 전에야 피난 가셨어. 난 뒷정리를 하고 떠나려다 널 만난 거고."

병수는 누나는 이곳에 혼자 있는 게 무섭지 않느냐고 넌지시 물었다.

"나도 곧 떠날 거야. 어서 맛있는 거 많이 먹고 기운 내자. 힘내서 낙동강까지 가야지."

여자가 낙동강으로 가란다. 출발에 앞서 부대의 최종목적지가 부산이고 낙동강가에 인민공화국기를 휘날릴 것이라던 대대장의 열띤 목소리가 쟁쟁하다. 아직 상처가 채 아물지 않았는데 혼자서 낙동강까지 가라니. 그것도 전쟁이 한창인데.

"나 안가면 안 돼요? 가기 싫어요. 여기 더 있다가 집에 돌아갈래요."

"안 돼, 넌 지금 전쟁에 참가한 군인이야. 전쟁 중에 집에 가는 건 도피고 총살감이야. 알지? 군사재판에서 전쟁 중 군 도피자는 총살한다는 걸. 그러니 얼른 부대를 찾아가야 해."

여자는 타이르듯 말했다.

"저…… 솔직히 무서워요. 혼자 가다가 어디서 어찌될지 몰라서 무섭단 말이에요."

"체통이 산만해서 무섭긴 뭐가 무서워? 총 쥔 사내대장부가 무서우면 나 같은 여자는 어떻게 살아? 그리고 무서워도 가야 돼. 여긴 안전하지 않아."

"그러니까 내가 같이 있겠다니까. 형세가 좀 누그러지면 그때 고향에 가면 되지."

"고향? 고향이 어딘데?"

"청진이오. 푸른 파도가 설레고 아득한 수평선 위에 아침해가 솟고 흰 갈매기가 떼 지어 날아예는 그런 곳이오."

병수는 벌써 해당화 붉게 핀 고향 바닷가를 거닐고 있는 기분이었다.

"고향은 전쟁이 끝나면 가고…… 자, 이걸 받아. 중대장이 회복되면 따라오라고 주고 간 약도야. 부대가 더 멀어지기 전에 얼른 떠나. 여기 철원은 남북을 오가는 길목이어서 위험해."

여자와 함께했던 나날이 못내 아쉬워 병수는 울상을 지었다. 포성은 포성이고 마냥 여자의 곁에 있고만 싶었다. 그러나 여자는 야속하다고 생각할 여지도 없이 단호했다.

마지막 밤을 뜬눈으로 새운 병수는 다음날 새벽 여자가 쥐어준 약도를 따라 부대가 있는 낙동강으로 향했다.

철원을 떠날 때의 불안은 며칠이 지나서부터 차츰 가셔졌다. 혼자가 이처럼 다행일 줄이야. 이제 눈먼 폭격이나 총알만 피할 수 있다면 낙동강에 도착하는 건 시간문제다. 가을이 깊어지면서 어느덧 산자락마다 서리가 내려 곧 닥칠 추위를 예고했지만 아직은 견딜 만했다. 남쪽으로 내려갈수록 격전장의 포성이 더욱 날카롭게 들렸다. 밤하늘을 찢는 포성에 잠을 설칠 때면 혹 인민군의 형세가 불리해진 것이 아닌가, 하는 불안감마저 들었다. 병수는 약도를 보며 될수록 산속을 택해 걸었다. 가까이서 콩 볶는 듯 요란한 총성이나 둔중한 포성이 울리면 숲속에서 옴짝달싹 않다가 어둠이 내리면 다시 걸었다. 어떤 곳에는 아군과 적군의 시체가 마구 뒤섞여 있었다. 격전이 있었던 것 같다. '범의 굴에 들어가도 정신만 똑바로 차리면 산다'는 복녀의 말을 새겼지만 그럴 때마다 오싹 소름이 돋아 다리마저 경직돼 옮겨 놓기도 힘들었다. 이러다 적을 만나면 어떻게 할까. 병수는 또 복녀가 시켜준 말을 떠올렸다. 그래, 적군을 만나면 국군이 되고 아군을 만나면 인민군이 되는 거야. 어느 국군의 시체에서 군복을 벗겨 덧입은 병수는 복녀의 말을 주문처럼 되뇌며 걸었다. 범, 정신, 범, 정신, 하면 공포는 안개처럼 사라졌다. 아직 배낭에는 복녀가 꾸려준 밥덩이와 엿이 꽤 남아있다. 조금만 더 가면 낙동강이다. 곧 부대를 만난다고 생각하니 기쁜지 슬픈지 모를 이상한 감정이 몰려왔다. 마냥 위압적이기만 하던 중대장, 우쭐거리던 황해도내기 경갑의 모습도 눈앞에 어른거린다.

"손 들엇!"

한숨 돌리고 약도를 접으려는데 등 뒤에서 벽력 같은 소리가 났다. 매복에 걸렸나? 깜짝 놀라 두 손을 번쩍 쳐든 병수의 가슴팍에 시커먼 총구가 박혔다. 군복을 보니 아군이었다.

"움직이면 쏜다!"

"쏘지 마시오. 나, 인민군이요. 함북 사람이란 말이요. 쏘지 맙소."

아무나 흉내 낼 수 없는 함북도 악센트가 저도 모르게 터져 나왔다.

"근데 왜 혼자야? 도피자야?"

다시 철커덕 격발기가 당겨진다. 거의 동시에 시커먼 총구가 사방에서 우수수 일어섰다. 누런 군복 상의에다 허연 농민바지를 걸친, 또 진한 카키색 국군복에 커다란 인민군 모자를 눌러 쓴 각양각색의 모습은 그야말로 오합지졸이다. 먼저 인민군이라고 소리친 것이 더럭 겁이 났지만, 아군임은 틀림없다.

"아니요, 뱀에 물려 죽다 살아서 지금 부대를 찾아가는 길이요, 정말이오."

"어느 부대야?"

"제13사단, 보병여단, 1대대……."

병수는 얼른 바지춤을 풀었다. 헐렁한 바지가 벗겨지고 뱀에 물렸던 흉터가 그대로 드러났다.

"13사단? 13사단을 찾아 간다구? 그 부대는 전멸됐어, 전멸."

전멸이라는 말은 뜻 모를 충격이었다. 병수는 좋은지 나쁜지, 슬픈지 괴로운지, 잘 된 건지 안 된 건지 갈피를 잡을 수 없어 눈만 희번덕거렸다. 낙동강까지 진격했던 인민군부대들이 유엔군사령관 맥아더의 인천상륙과 함께 일제히 후퇴를 시작했다고 한다. 약도를 따라 낙동강기슭까지 다 가서야 병수는 자신의 소속중대가 낙동강도하전투에서 모두 희생되었다는 것을 알게 되었다. 졸지에 패잔병이 된 병수는 소속도 없이 방황하는 군인들과 함께 후퇴의 길에 올랐다. 이럴 줄 알았으면 그때 복녀와 함께 있었을 걸…… 하는 후회가 밀려들었다. 후퇴의 길은 험난했다. 낮에는 옴짝달싹 못하고 숨어 있다가 밤에만 조금씩 후퇴했다. 사방에서 진을 친 총대들이 불시에 나타나 인정사정없는 기습을 해왔다. 병수는 곁에서 걷던 병사가 피가 솟는 가슴을 움켜쥐고 절명하는 모습을 여러 차례 보며 전쟁의 가혹성에 점차 익숙해졌다. 총소리만 나도 오금이 저려 웅덩이에 머리를 처박고 떨던 병수는 적탄이 빗발치는 가운데 부상당한 병사를 구해 안전한 곳에

은폐시키기도 했다. 그것은 병수에게 있어 커다란 변화였다. 눈앞에서 또래병사가 고꾸라지면 반사적으로 일어나 사격을 가해 적들을 소탕했다. 잔인한 전쟁은 수많은 젊은이를 무차별로 쓸어갔다. 굶주림도 죽음을 부르는 저승사자다. 이미 국군이 차지한 마을은 낙동강으로 진격할 때처럼 활개 치며 들어갈 수 있는 곳이 아니었다. 허기진 인민군은 밤이 깊어야 도둑고양이처럼 마을에 기어들어 농가를 털어야 할 신세가 되었다.

낙동강에서 떠난 100여 명이 넘는 패잔병들이 강원도의 깊숙한 골짜기에 이르렀을 땐 20명도 채 남지 않았다. 힘겹게 후퇴했어도 대부분 총상을 입은 부상자들이어서 언제 어느 시각에 죽을지 알 수 없는 상태다. 건강하고 팔다리가 성성한 것은 뱀에 물린 덕에 살아난 병수 하나뿐이었다.

의약품은 물론 먹을 식량마저 떨어진 상황에서 이제 얼마를 더 견딜지…… 간신히 풀뿌리와 나무 열매로 근 열흘 동안 견디던 병사들은 울며 고향에 편지를 쓰기 시작했다. 유언장인 셈이다. 고향에 갈 수는 없지만 그렇게라도 죽음을 앞둔 참담함을 달래려 했다. 부상병들에게 군용밥통에 물을 끓여 먹이는 병수를 이윽히 바라보던 한 군관이 그를 불렀다.

"그냥 가. 여기 있으면 다 같이 죽는 수밖에 없어. 한 사람이라도 살아남아야지."

"제가 가면 어디로 갑니까? 못 갑니다."

왜 그런 말이 튀어나왔는지 병수 자신도 놀랐다. 사실 복녀를 떠올릴 때마다 부상병들을 팽개치고 달아나고픈 적이 한두 번이 아니었다.

"왜? 병순 몸이 성성하지 않나. 설마 죽고 싶은 건 아니겠지?"

얼른 대답을 못 하고 머뭇거렸다. 혼자라도 살라는 말에 도주하려 했던 자신이 부끄러웠다.

"아닙니다. 전 군관동지와 함께 있겠습니다. 살아도 같이 살고 죽어도 같이 죽겠습니다!"

병수도 자신의 입에서 그런 말이 튀어나올 줄은 미처 몰랐다. 군관이 히죽 웃었다.

"흥, 새끼, 말은 잘한다."

한쪽에 죽은 듯 누워있던 8사단 병사가 눈을 뜨며 빈정댄다.

"에이, 그래도 여기 오기까지 도와준 사람을 그렇게 욕하면 쓰나. 흔치 않은 병산데. 이봐, 병수, 북녘이 지척인데 몸이 이래가지고서야, 날 좀 부축해 주겠나?"

군관은 몸에 박힌 탄알때문에 얼마 버티지 못할 것 같다고 말했다. 병수는 그의 신음소리보다 북녘이 지척이라는 말에 귀가 솔깃했다. 얼른 군관을 부축해 앉히며 물었다.

"저, 여기가 어딥니까?"

"강원도 철원이야. 저 산봉우리가 보이지? 저길 넘어가면 봉래산이야. 경원선 평강역이 있는 곳 말이야."

병수의 얼굴에 환희가 넘쳤다. 눈앞에 오복녀의 얼굴이 확 떠오르자 그는 속으로 다짐했다. 오늘 밤에 꼭 도망가리라고, 사실 지금까지 이 패잔병무리에 섞여 있는 것은 믿을 구석이 없어서였다. 복녀의 집에서 군복을 벗어버리고 숨어 지내다가 전쟁이 끝나면 고향의 어머니를 찾아가리라. 그는 주위를 둘러보았다. 그제야 높낮은 산발들이 눈에 익었다.

그날 밤, 병수는 슬그머니 그곳을 떠났다. 복녀를 다시 볼 생각에 가슴은 막 방망이질 쳤다. 집을 찾는 일은 어렵지 않았다. 마을에 주둔해 있는 국군이 문제였다. 산을 타고 마을에 숨어든 병수는 몇 시간째 숨을 죽이고 복녀의 집을 살폈다. 이따금 마당에 나서는 복녀가 보인다. 늦은 밤이 돼서야 병수는 집 가까이로 다가가 복녀에게 신호를 보냈다. 둘은 만나자마자 오랜 연인처럼 얼싸안고 빙그르르 돌았다. 허약해진 병수를 보자 복녀는 곧 목욕물을 준비했고 푸짐한 밥상을 차렸다. 밥을 먹으며 병수는 자신이 패잔병이 된 사연과 오합지졸들을 두고 도망치게 된 일을 자랑 삼아 늘어놓았다.

"네가 이렇게 오면 그 사람들은 어떻게 돼? 죽어가고 있다며?"

그제야 병수는 전장에서의 도피는 군법으로 처단된다던 복녀의 말이 섬뜩하게 떠올랐다. 군인은 어떤 일이 있어도 대오를 이탈해서는 안 되며 동지를 버려서도 안 된다는 군인선서구절이 떠오른 것도 그 순간이다. 비로소 자신을 자각한 병수는 "그럼 나 이제 어떻게 해야 돼?" 하며 울상을 지었다. 상처를 동여맨, 해골처럼 말라 비틀거리는 전우들의 모습을 떠올린 것이다.

"어떻게 하긴, 돌아가야지. 일어나. 나도 같이 갈게."

둘은 밤새 부상병들에게 먹일 찰밥과 반찬을 한가득 마련했다. 식량도 약품도 챙겼다. 복녀가 병수와 함께 산속에 나타난 것은 새벽 무렵이었다. 쌀밥과 약으로 죽음을 면하게 된 부상병들은 자신을 살리려고 떠났던 병수를 보자 감격의 눈물을 흘렸다. 김이 나는 찰밥에 고기가 섞인 구수한 된장을 먹고 난 군관은 병수에게 물을 끓이게 하고 단도를 꺼내 소독했다. 그의 옆구리에 난 상처는 끔찍했다. 기겁하는 병수에게 군관은 군용전지를 쥐어주고 복녀를 찾았다. 복녀는 군관의 상처를 살피며 탄알이 박힌 부위에 단도를 들이댔다. 고통을 참느라 이마엔 땀이 비 오듯 흐르고 마침내 탄알을 꺼냈을 때 군관은 정신을 잃고 말았다. 하지만 복녀는 안도의 숨을 쉬며 병수를 바라보았다. 병수도 마주 웃어주었다. 참으로 담대한 여자다. 저런 여인과 인연을 맺은 자신이 무척 뿌듯했다. 총상을 치료한 복녀는 떠나면서 약도를 그려주었다. 현재 국군이 주둔하고 있는 지역과 피할 수 있는 여러 갈래의 길목이 표시되어 있었다. 헤어지면서 복녀는 제 손가락의 반지를 빼어 병수의 새끼손가락에 끼워 주었다. 어디 가든 사내답게 훌륭한 군인이 되라는 당부도 잊지 않았다.

4

3년간의 전쟁이 휴전으로 끝나면서 병수는 고향에 돌아왔다. 후퇴의 길에서 적의 차단로를 열어 숱한 부상병을 살려낸 위훈을 인정받아 병수는 '전쟁영웅'이 되어 부모님 앞에 나타났다. 아마도 그가 영웅이 된 배경에는 복녀가 직접 살려낸 그 군관의 힘이 작용했을지도 모른다. 정치공작대원이었던 군관은 후에 인민군정치국 간부로 임명되었고 병수를 생명의 은인으로 여겼다. 어엿한 전쟁영웅이 된 병수는 민주청년위원장으로 활약하며 전후복구건설에 앞장섰다. 부모님이 소개하는 여러 청혼 자리도 미루면서 토지정리와 새 집 짓는 현장에서 살다시피 했다. 그러던 어느 날 부모님으로부터 집에 급히 다녀가라는 전갈이 왔다. 아무 때나 아들을 오라 가라 하는 부모님이 아니었다.

뜻밖에도 고향 집에는 꿈결에도 그리던 복녀가 와 있었다. 여자의 몸으로 총칼이 삼엄한 군사분계선을 넘어 수천리를 걸어 병수를 찾아온 것이었다. 그것도 정수리에 쌍가마가 있는 곱슬머리인 병수를 쏙 빼닮은 달덩이 같은 사내아기까지 척 업고……. 아들까지 데리고 사선을 넘어 온 복녀는 세상 어디에도 없는 병수의 구세주가 분명했다. 하지만 복녀는 남한 여자고 청산계급인 지주의 며느리다. 북한에서는 절대 허용될 수 없는 처단자 1순위 대상이다. 하지만 병수는 찾아온 복녀와 아들을 단념할 수 없었다. 다행히 그녀의 신원을 아는 사람은 병수와 복녀 단 둘뿐이다. 그렇게 복녀는 오랜 세월을 차명옥으로 살았다. 폭격에 일가족이 멸족한 차명옥이란 여자의 이력으로 위장하고 산 날이 어언 60년이 넘었다.

피살자 가족인 차명옥은 '전쟁영웅' 박병수의 아내가 되어 아들 셋을 모두 어엿한 군인으로 키웠다. 지역사회의 본보기 가정인 '총대가정' '총폭탄 가정'을 꾸린 차명옥은 젊은 시절 동 여맹위원장으로 활약하며 노동당에 입당까지 했다. 수백 명의 여맹원이 차명옥의 한마디에 무조건 복종했다. 중앙에서 선군정치가 강조될 때마다 아들 셋을 모두 군대에 보낸 차명옥의 모범을 따라 배우자는 강연회도 여러 번 열렸다. 군부대의 주요 간부로 자란 '총대집안'의 아들들은 자신들의 정신적 지주인 부모님을 늘 우러렀다.

그러나 칠순을 넘긴 차명옥은 어느 날부터 급격히 전혀 다른 사람으로 변해갔다. 그것은 그녀가 폐암진단으로 시한부 인생을 살게 된 때부터였다. 아내는 날마다 휴전선지역에 있는 맏아들 집에 가겠다고 애처럼 졸랐다. 여기서 그냥 치료를 받자고해도 막무가내다. 박노인은 아내가 맏아들이 그리워 철원에 가겠다는 것으로 알았다. 아내는 아들집에 보내주지 않으면 당장에 죽어버릴 사람처럼 굴었다. 마지막으로 사랑하는 아들한테로 가려는 엄마의 마음이라고 보기에도 딱히 명확치 않은 무언가 집착이 뇌리를 쳤다.

아내가 맏아들 집으로 떠난 지 한 달이 되는 어느 날 아들에게서 전화가 왔다.

아무래도 어머니가 운명할 것 같다는 비통한 소식이었다. 순간 정신이 혼미해졌다.

"아버지, 그런데 이상한 것이 있습니다."

"뭐, 뭐냐?"

"어머니의 베개 밑에서 오복녀라고 쓴 종이가 나왔는데 오복녀가 대체 누굽니까? 그리고 지금 제가 있는 철원에 오셨는데 깨어나면 계속 철원에 가야 한다고 말씀하시는데 이런 답답한 일이 어데 있습니까? 아무래도 이상합니다. 어머니에게 시간이 얼마 남지 않은 것 같습니다."

순간 박병수는 심장이 꿈틀했다. 철원으로 기어이 가야 한다며 아픈 몸으로 나서던 아내의 이해할 수 없는 행동이 그제야 가슴을 쳤기 때문이다. 아, 그거였구나. 바로 그거였어. 어이 하랴, 이를 어찌한단 말인가, 박병수는 오열했다.

"알았다. 내가 가마. 어머니의 마지막 길을 내가 가서 위로해 주겠으니 너무 걱정 마라."

많은 말 중에서 병수노인은 그 말밖에 할 수 없었다.

철원에 찾아 갔으면서 철원을 찾아가는 아내, 그가 찾는 곳은 남강원도 철원이었을 것이다. 부모님이 지어준 오복녀라는 이름 대신 차명옥으로 한생을 산 불우한 아내, 이제 다시 돌아오지 못할 마지막 길을 떠나며 아내는 분명 차명옥이 아닌 오복녀란 이름을 찾고 싶었으리라.

병수는 자식에게조차 엄마의 본명을 밝힐 수 없는 현실이 개탄스러웠다. 생이 끝나도록 제 이름과 고향을 말해서는 안 되는 이 세상이 저주로웠다. 만일 복녀가 이름을 찾는다면 '총대가정'은 순식간에 '역적가정'으로 전락한다. 하지만 박병수는 이제라도 아내의 임종을 지키며 베개 밑에 묻은 오복녀란 이름을 찾아주어야 할 의무감이 생겼다. 60년이 넘게 숨겨둔 오복녀라는 이름을 평생을 뒷바라지해온 남편이 불러준다면 아내도 편히 눈을 감을 수 있을 것이다.

박노인은 갑자기 마음이 급해졌다.

*

때마침 멀리서 뿡- 기적소리가 울렸다. 이어 단발머리 안내원이 급히 대합실로 뛰쳐나왔다.

"라진-갈마행 열차가 전역을 떠나 곧 토막역에 도착합니다. 라진-갈마행을 이용하실 손님들은 빨리 준비해 주십시오."

안내원이 다급하게 소리치자 대합실은 벌 둥지 쑤신 듯 아수라장이 되었다. 안내원도 잠에 빠져 열차가 거의 도착할 무렵에야 알았던지 열차가 도착한다며 막 소리친다. 잠을 자던 사람들이 부스스 일어나더니 환성을 지르며 개찰구로 욱 밀려간다.

며칠째 미정이던 열차가 어찌된 일이냐며 믿지 못하겠다는 얼굴들이다.

"젠장, 거 남조선에서 남북을 잇는 철도부설을 제안했다던데 그러지 말구 기관차대가리나 콱 보내주지 그래."

도착역들에서 기관차견인기를 이리저리 돌려쓰는 통에 미정이 되는 거라며 누군가 투덜거린다.

"그건 또 무슨 소리야?"

"무슨 소리긴, 기차 대가리가 없어 열차가 다니지 못 한다메?"

"전기가 없어 못 다니지 대가리가 없어 못 다니나? 알긴 잘 안다. 흥!"

"그럼 전기 대신 기름으로 달리는 내연기관차 대가리라도 많으면 좋잖소?"

"기름은 또 어디서 나고? 전기보다 더 귀한 게 기름 아니야?"

"어? 그게 또 그러네. 에이 통일이나 콱 되지. 그럼 다 풀릴 텐데."

허한 웃음소리가 여기저기서 난다.

"에구, 또 몇 정거장이나 가다가 서려나……."

열차가 오는데도 별로 탐탁지 않은 모양이다. 하긴 열차가 언제 또 정전이 되고 어디서 몇날 며칠을 서 있을지 알 수 없으니까. 그래도 병수는 다행이라 여겼다. 어떻게든 빨리 달려가 아내의 임종을 지켜야 했다. 아내에게 해줄 수 있는 마지막 사랑을 담아 수십 년을 고이 간직한 이름 오복녀를 부르리라. 스스로 위안하며 개찰구로 빠져나가는데 주머니에서 전화벨이 울렸다. 왠지 불안하다. 전화기를 꺼내드는 손이 와들와들 떨렸다. 전화기에서 아들의 침통한 목소리가 들린다.

"아버지, 어머니가, 흐흑…… 어머니가 돌아가셨습니다……."

"아, 아, 아…… 복녀야!"

노인이 그 자리에 풀썩 주저앉았다. 순희가 왜 그러냐며 노인을 일으켜 세우려고 부축했다.

뿡-! 그때 라진-갈마행 열차가 거친 눈보라를 뿜어 올리며 역구내로 들어서고 있었다.

인생 열차표는 비싸지 않았다

설송아

설송아

1969년 평안남도에서 태어났다. 2015년 북한 인권을 말하는 남북한 작가 공동 소설집 『국경을 넘는 그림자』에 첫 단편소설 「진옥이」를 발표했다. 발표 작품으로 「사기꾼」 「초상화 금고」 등이 있고, 동시 「어서 가자요」 「통일」, 북한 인권을 말하는 남북한 작가 공동 소설집 『금덩이 이야기』 『꼬리 없는 소』 『단군릉 이야기』에 참여했으며, 계간지 『임진강』에 「스칼렛 오하라와 조선녀성」 등 북한사회를 반영한 수십 편의 작품을 발표했다. 석사 논문 『경제난 이후 북한 지방경제 변화연구: 평안남도 순천시 사례』를 연구 발표했다. 현재 데일리NK 기자, 자유통일문화연대 작가로 활동하고 있으며 북한경제 IT 석사 학위를 받았다.

1

철도 여객지도원이 이제야 달라졌다. 책상 위에 놓인 담배 보루를 본 것이다. 고양이상표 담배였다. 열차표를 사려고 진옥이 가져온 뇌물이다. 꽤 비싼 담배이기 망정이지 그녀는 입도 벙긋 못하고 지도원 방에서 쫓겨날 뻔했다. 고양이 담배 한 갑 가격이 공장노동자 월급과 맞먹으니, 담배 한 보루 가치가 얼마인지는 초등생이라도 알 수 있었다.

그는 느긋하게 전화를 들었다. 그리고는 누군가에게 전화를 하였다. 점잖았지만 명령에 가까웠다.

"나 여객지도원이야…… 차표 한 장 필요한데……."

전화를 받는 말소리가 정확하지 않았지만 복종하는 분위

기는 분명하였다.

"오늘 출표 누구지?…… 그래…… 평양-온성행 차표 한 장 내놓으라우……."

이번에는 여자 말소리가 똑똑하게 들렸다.

"네, 네, 알겠습니다. 지도원 동지……."

여객지도원이 전화기를 놓더니 진옥에게 말했다.

"출표에게 말했으니까 지금 가면 차표 한 장 줄 거에요."

열차표를 취급하는 출표원에게 직접 전화했다는 말이었다. 그는 너부죽한 얼굴에 표정이 굳었다. 그래서 원칙밖에 모르는, 접근하기 힘들다는 평판이었지만 몰라서 하는 말이었다. 철도역 안내실과 출표실 업무가 그의 손에 달려 있었다. 먹을알이 많은 직업이어서 굳이 말을 하지 않아도 들어올 뇌물은 들어오게 되어 있다.

방금 전만 해도 차표를 사려면 출표입구에서 기다렸다 사라며 진옥을 밀어내던 여객지도원이 매표소에 직접 연결해주는 건 다 일리가 있다. 고양이가 있어야 쥐를 잡는다는 말이 맞았다.

진옥은 여객지도원 딸의 친구와 가까운 사이었다. 친구의 친구 소개로 오늘 그를 직접 만났다. 그리고는 담배를 주고 차표를 부탁한 것이다.

"고맙습니다, 지도원동지."

"……."

진옥이 인사에도 그는 무표정으로 앉아 있었다. 들었으니 나가라는 표정이다. 그녀가 나간 뒤에야 고양이담배 상표를 한 번 더 확인하더니 책상 서랍에 집어넣었다. 반복되는 일이라 익숙한 동작이었다.

진옥은 2층 여객지도원 사무실에서 나왔다. 그리고는 곧바로 1층 대합실로 내려갔다. 대합실 안에 역전 안내원이 근무하는 방이 있고 그 옆에 매표소가 있었다. 매표소 앞에는 사람들이 피난민처럼 죽치고 앉아 있었다. 열차표를 사려고 며칠 밤새우며 기다리는 사람들이다. 열차가 들어오기 몇 시간 전부터 차표가 판매되었다. 판매시간을 놓치지 말아야 열차표를 구매할 수 있었다.

"끼우지 말라요."

누군가 째지는 목소리로 소리쳤다. 매표소로 들어가는 출입구를 찾느라 두리번거리는 진옥에게 하는 말이었다. 끼어들 사람처럼 본 모양이다. 그러고 보니 매표소 입구부터 사람들이 똬리 튼 뱀처럼 구불구불 앉아 있다.

"차표 사겠으면 줄 서라야."

누가 또 신경질적으로 반말을 질러댔다. 그 바람에 쭈그리고 앉아 두 무릎 사이에 머릴 박고 졸던 사람들이 정신을 차리고 머리를 들었다. 그들은 눈알을 굴리며 진옥이 아래위를 훑어 내렸다. 금방이라도 칠 자세들이다.

"걱정하디 말라요. 차표 살라 길디 않아요."

진옥은 한마디 뇌까리고 매표소 출입문을 찾아 걸어갔다. 그리고는 중얼거렸다.

"차표 사는 게 이렇게 힘들다구야."

철도 열차에 지정좌석제가 도입되더니 야매차표 사기도 쉽지 않아졌다. 기존에는 여행증명서만 있으면 야매차표 구매는 일도 아니었다. 아니 차표가 없어도 마구잡이로 열차에 오르면 열차 화장실이든 지붕 위든 엉덩이만 붙이고 목적지에 갔었다. 열차는 항상 콩나물시루처럼 사람사태였다.

그런데 2003년 이후 철도운영에 변화가 생겼다. 창유리가 없던 철도열차에 새 유리가 끼워지고 열차표에는 지정좌석이 표시되었다. 좌석표가 없으면 애당초 열차에 오를 수가 없다. 열차질서가 엄격해졌다. 열차표만 있으면 편하게 앉아 갈 수 있어 좋았지만, 차표 사기가 배급 타기보다 더 힘들다. 마냥 기다려도 재수가 나쁘면 한 사람 앞에서 차표가 매진되었다. 철도역마다 좌석차표 매수가 한정되다보니 역전에서도 방법이 없다. 차표를 구매하는 사람이 늘어날수록 열차표 매수를 장악하고 있는 여객지도원과 열차표를 판매하는 출표원 어깨만 올라가고 있었다.

똑, 똑, 똑, 출표실을 두드리고 진옥이 들어갔다. 여객지도원의 전화를 미리 받은 터라 출표원이 먼저 알아봤다. 그리고는 웃으며 물었다.

"들어오라요. 온성행 탈라 그래요?…… 어디까지 가요?"

"회령 갈라 그래요…… 내일 기차 들어오는 거 맞나요?"

"내일 들어와요."

짧게 대답한 출표원이 한동안 말이 없다. 그러더니 물었다.

"증명서 있어요?"

진옥은 여행증명서를 내밀었다. 목적지가 국경이라 증명서 용지에 파란 줄이 대각선으로 표시되어 있다. 증명서를 확인한 이후에도 출표원은 말이 없다. 그러더니 그녀를 바라보았다. 두 눈빛들이 마주쳤다. 그런데 출표원 눈빛이 묘하게 거슬렸다.

"왜요? 증명서에 무슨 문제 있어요? 기일이 20일짜리야요."

'차표나 줄 게지' 진옥은 속으로 생각하며 말했다. 그러나 눈길을 내리깐 출표원이 퉁명스럽게 되물었다.

"증명서만 주면 어케요? 차표 값 주야디요……."

"차표 값이요?"

'상관 소개로 왔는데도 차표 값 내라고? 이 애가 셈판을 모르네' 진옥은 이렇게 생각했다.

"전화 받긴 했는데…… 오만이라도 줘야……."

출표원은 일부러 더듬거렸다. 여객지도원이 보내지 않았

다면 돈 내라는 말을 총알처럼 뱉었을 것이다. 직속상관 체면을 봐서 예의를 차리고 있었다. 그러면서도 그는 구구표를 외우듯 평양-온성행 열차를 타려면 고원까지는 얼마, 청진까지는 얼마라며 말을 잇는다. 특히 회령처럼 국경지역은 역전마다 열차표가 다섯 매로 한정되어 가격이 더 비싸다고 했다.

"여객지도원 동지가 보내서 왔으니 오만 원이에요."

'아니 고원에 가든 청진에 가든 열차 타는 건 한가진데 뭔 소리야' 출표원에게 따지고 싶었으나 그만두었다. '우둔한 게 곰 잡는다더니' 이 처녀보고 하는 말 같다. 전화를 받았다고 하면서도 천 원짜리 차표를 오만 원 내라니, 당돌하다 못해 참새 주둥이에 굴레 씌울 계집애다. 짜고 치는 고스톱인가.

"기차가 일주일에 한 번 들어오잖아요. 우리 출표가 세 조인데 보름에 한 번 차표를 팔 수 있거든요. 솔직히 이 기회 놓치면 난 한 달동안 손가락 빨아야 돼요."

물망이 오를 때라 가슴이 봉긋하고 얼굴도 고운 처녀가 손가락을 입술에 가져다 대면서 궁색한 티를 내고 있었다.

"우리 사정 잘 알잖아요. 역전에서 일해야 쥐뿔도 타는 건 없고 바보처럼 출근만 해야 하거든요."

하긴 그의 말이 틀리지 않았다. 진옥은 더 시비하고 싶지 않았다. 한창 꾸미고 연애할 나이에도 그의 외모는 평범하였다. 이천오백 원 월급으로는 화장품은 고사하고 팬티 한 장도 사기 힘들다. 진옥은 오만 원을 출표원에게 주고 열차표를 받았다.

2

진옥이가 갑자기 열차표를 구매한 것은 남새장사 때문이었다. 순천에서 회령으로 오이를 가져가면 다섯 배 비싸게 팔 수 있었다.

평안도 내륙은 함북도 지역보다 날씨가 따뜻해 계절도 빠르다. 6월 중순 순천시장에는 오이, 토마토가 막물이라 가격이 싸다. 하지만 북쪽 회령에는 오이꽃이 피기 시작해 오이가 귀물이다. 가격 차익은 있었지만 내륙에서 국경으로 남새를 나르는 건 쉽지 않은 장사였다.

그래도 고생스럽게 남새장사를 시도한 것은 동림교양소에서 출소한 이후였다. 초상화금고 사건 이후 보위부에 끌려간 그는 정치범으로 취급을 받았다. 최고존엄의 초상화 뒤에 돈을 보관했다는 죄였다.

다행히 그의 오빠가 손을 썼다. 남편의 모해로 억울하게 끌려 간 동생을 현장에서 목격한 오빠는 평성 도 보위부간부에게 큰돈을 찔러주었다. 도 보위부에서 시 보위부로 전화 한 통 걸어주며 사정은 달라졌다. 진옥은 보위부에서 보안서로 넘겨졌다.

"살았구나……."

보안서로 넘겨질 때 진옥은 숨이 나갔다. 경제범은 정치범에 비하면 살아났다고 보면 된다. 시 보안서에서 개천교화소로 서류 작성하는 것을 또 뇌물 주고 경범 대상자로 처리하였다. 다행인지 불행인지 그녀는 동림교양소로 이송되었다.

일 년간 노동교화를 마치고 출소했으나 진옥은 돈 한 푼 없는 알거지 신세가 되었다. 교양소에 수감되어 있는 기간 남편은 집을 팔았고, 티비를 비롯한 집재산도 고철 팔 듯 싸구려로 팔아 돈을 챙겼다. 그리고는 다른 여자와 살림을 차렸다.

"미친 새끼!"

진옥은 이가 갈렸으나 참아야 했다. 출소한 수감자가 사회적 문란을 일으킨다면 재범에 걸릴 확률이 높았다. 그러나 자전거는 찾아오고 싶었다. 그가 타던 자전거를 현재 남편과 살고 있는 여자가 타고 다녔다. 다시 돈을 벌자 해도 자전거가 있어야 움직일 게 아닌가.

그는 남편이 살고 있는 집을 찾아냈다. 그리고는 이른 아침에 쳐들어갔다.

"시라지 같은 새끼야, 잘 처먹고 잘 살고 있냐?"

갑자기 들어 온 전처 앞에서 남편은 당황했다. 남편이 때리면 착하게 맞아주던 아내가 아니었다. 교양소에 수감되기까지 별의별 고생을 겪어 본 그녀는 남편이 알고 있는 그 어떤 여자보다 드센 여자로 변해버렸다.

부엌에서 그의 아내가 들어섰다. 말투를 들어보곤 이내 전처임을 알았다. 그도 놀란 모양이다.

"호비 같은 간나하고 배꼽 맞대고 망짝을 돌리든 뭐 하든 상관 안하고…… 난 내 자전거 가지러 왔으니까……."

진옥은 부엌으로 내려갔다. 가시장 옆에 낯익은 자전거가 세워져 있었다. 자전거를 들고 나올 동안 방해하는 사람은 없었다. 그녀는 마당에서부터 자전거를 타고 사라져 버렸다. 마당에 늘어진 빨래 줄에서 남자 옷가지가 떨어지더니 자전거 바퀴에 밟혔다.

그러거나 말거나 진옥은 자전거 페달을 밟아 시장으로 달렸다. 시장입구에 오이를 도매하는 장사꾼들이 몰려 있었다. 가시가 돋아있는 파란 오이더미 앞에서 그는 물었다.

"오이 1킬로 얼마야요?"

"천 원이야요."

"많이 사면 얼마에 줄래요?"

"팔백 원에 가지라요."

"200킬로 살 거니까 오백 원에 달라요."

오이 값을 흥정하는 진옥에게 장사꾼이 다시 말했다.

"아지미, 오이 생긴 거 보구 말하라요. 다 제값이 있어요. 이런 오이 어디서 산다고…… 절반이나 깎으면 밑되지…… 내가 심부름꾼이요? 육백 원 내라요."

진옥은 군말하지 않았다. 다른 매대로 가려고 일어섰다. 몇 발지국 기는데 오이 장사꾼이 소리친다.

"오라요, 오라요, 젊은 여자가 무던히도 이악하네…… 원래는 마득한(예약한) 사람만 주는 건데……."

진옥이 돌아섰다. 장사꾼 말처럼 수많은 오이 매대 중에서 이 오이가 가장 신선했다.

"다음부터 고정으로 마득할게요."

단골이 되겠다는 말에 기분이 좋았는지 장사꾼은 저울대를 집어 들며 말했다.

"내 물건이 돈이 잘 붙으니까……."

오이를 10킬로씩 저울로 뜨는 족족 진옥은 오이 종이박스에 담았다. 열 박스나 되었다. 생각보다 부피가 많았다. 열차에 이렇게 많은 짐을 싣기에는 무리였다. 방법이 없을까?

진옥은 골똘히 생각하며 장사꾼에게 돈을 주었다. 받은 돈을 오이박스마다 툭툭 치던 장사꾼이 갑자기 소리쳤다.

"언제 온 거야?…… 번쩍번쩍하누만."

저쪽에서 키가 큰 여자가 걸어오고 있었다. 그도 이를 드러내고 웃으며 걸어오고 있었다. 할락꼬이(함경북도 지역 말투를 이르는 말) 말씨였다. 그들은 기다렸던 연인처럼 소리를 지르며 장마당 시선을 끌었다.

"아매, 잘 있었슴까? 어제 밤에 회령에서 통나무 빵통 타구 왔슴다."

장사꾼이 회령여자에게 오이 한 개를 먹어보라고 주면서 말했다.

"몸이 났네…… 간부 땡네(아내) 같은 게 멋있어졌어."

장사꾼의 노죽에 그 여자가 웃자 장사꾼은 더 크게 웃으며 다시 물었다.

"언제 갈라 기래?"

"내일 온성행 들어온다니까 그거 타구 돌아서야 됨다…… 오이 500킬로 포장해서 저녁까지 대기집에 가져오면……."

"알았어…… 기딴 거 걱정하지 마."

두 여자는 죽이 잘 맞았다. 이들은 이미 오랜 기간 장사거래로 인연이 깊었다. 회령여자는 몇 년 째 순천시장에서 토마토, 오이를 비롯한 계절 남새를 함경북도 시장으로 유통해 차익을 남기고 있었다. 돈벌이는 쏠쏠하였다.

'온성행을 타고 회령까지 간다고?' 진옥의 눈이 번쩍 띄었다. 목적지가 같았다. 오이장사도 같으니 세상에 이런 호박이 라구야.

"내일 평양-온성행 타는가요?"

진옥이 먼저 회령여자에게 다가서 물었다. 회령으로 가는 열차는 사리원-라진행이 또 있었다.

"사리원-라진 완행 열차는 안 타오…… 준급행 탐다."

평양-온성행 준급행열차를 탄다는 말이었다.

"어마나, 나두 그 열치 타고 가기든요."

진옥은 너무 반가워 초면인 그의 팔을 덥석 잡았다. 남새장사를, 그것도 열차장거리장사를 처음 해보는 진옥에게는 행운이었다.

"둘이 같이 가면 되겠다야…… 이 아지미도 금방 오이 쳤어."

장사꾼이 신이 난 듯 둘 사이에 끼어 말을 던졌다. 회령여자도 반가운 모양이다. 장삿길에 동업자는 처음 보더라도 쉽게 통하는 심리가 있다.

"그렇소? 순천사람이오?"

"여기 본토배기야요, 순천에서 도움 필요하면 언제든 말해요."

"내두 회령 왕초(장사를 독점한 상인)지…… 이번에 같이 가기요."

회령여자는 자기를 창옥이라고 소개했다. 회령에 도착하면 시장에서 오이를 넘겨받을 사람도 소개해 준단다. 제대군인처럼 성격도 좋았다. 이들은 나이도 비슷한 30대 초반이었다. 창옥이가 한 살 더 많으니 '창옥언니'라고 불렀다.

"창옥언니, 오이지함이 열 개 넘는데 열차에 실을 수 있을지 걱정하는 중이에요."

진옥이 금방 사놓은 오이박스를 가리키며 말했다. 진짜 그는 걱정이 태산이었다.

"열차에 못 싣소, 수화물 칸에 실어야지, 내가 열차 화물원 잘 아오…… 이번에 같이 싣기오."

"정말요? 언니 고마워요."

"차표 값은 내야 되는 거 알재?"

농담인 듯 진담인 듯 그가 물었다.

"다 있어요. 차표는……."

별걱정 다한다는 듯 진옥이 말했다. 이들은 다음 날 철도역전에서 만나기로 약속하였다. 창옥은 진옥에게 객찰하기 전 열차가 들어오는 철도 홈에 오이박스를 미리 내다 놓으라고 말해 주었다. 또 연착된 열차가 들어오는 시간은 철도사령실에서 알고 있으니 사령실과 사업해 물어보라며 친절하게 알려주었다.

장삿길이 떠나기 전부터 느낌이 좋았다. 진옥은 맹물에 밥을 말아 김치에 대충 먹고 역전으로 나갔다. 역전 객찰문에는 커다란 열쇄가 걸려 있었다. 나갈 수가 없었다. 사령실에 가야겠는데 마음이 급했다.

"개구멍이 어디 있더라."

역전 담장 따라 한참 걸으니 담장 밑에 반달모양의 구멍이 있었다. 납작 엎드려 머리를 먼저 넣고 배를 땅에 대면서 몸을 뺀 그는 철도 역 구내에 들어서게 되었다. 저쯤에 사령실이 보였다. 화물차와 여객차의 운행 상황을 총 지휘하는 사령실에는 24시간 불이 켜져 있었다. 사령실 확성기에서는 알아듣지 못할 방송소리가 이따금 들렸다.

6월이라 더운지 사령실문이 활짝 열려 있었다. 의자에는 밤교대를 서고 있는 운전지휘원 남자가 앉아 있었다. 그의 등 뒤에서 진옥이 물었다.

"평양-온성행이 언제 도착해요?"

갑자기 들리는 여자 목소리에 그 남자가 돌아 보았다. 놀란 모양이다. 인기척도 없이 열차시간을 물어보는 아줌마한테 화가 났다.

"여기가 어디라고 들어와? 열차 시간은 안내실에 물어봐."

그는 짜증내면서 진옥을 밀어냈다.

"완전 도꾸다이네."

한방에 쫓겨난 진옥은 다시 담장 개구멍으로 빠져 집으로 갔다. 고양이 담배 한 갑을 주머니에 넣고 다시 개구멍으로 들어왔다. 이번에는 개구멍이 커졌는지, 아니면 익숙해졌는지 몸뚱이가 누렁이처럼 쉽게 빠져나왔다. 두 줄기 뻗어나간 철길 침목을 따라 사령실 앞으로 다시 걸어갔다. 이번에도 문이 열려 있어 들어가는 데는 문제없었다.

"열차표에요, 내일 온성행 타려고 하는데 좀 알려줘요."

진옥이는 열차표를 보여주고 책상 위에 있는 사령일지에 고양이 담배를 놓았다. 좀전에 쫓아냈던 여자였다. 놀랐지만 그는 화를 내지는 않았다. 검은 고양이가 그려진 담배였다. 카스텔라처럼 부드러운 고양이담배 맛을 잘 알고 있었다. 갑자기 구수한 니코틴 연기가 후두를 자극했다.

"새벽 5시에 한번 나와 봐…… 그때면 정확한 시간 나오니까."

진옥은 본가로 돌아왔다. 집이 없어 그는 당분간 본가에서 살고 있었다.

"엄마, 새벽 다섯 시에 깨어줘야 돼…… 차표 알아봐야 해요."

"그래, 그래, 얼떵 자라…… 걱정말구."

어머니가 딸에게 말하였다. 교양소에서 몸이 쇠약해진 딸이 불쌍했다. 맨땅에서 다시 일어서보겠다며 애를 쓰는 모습이 더 마음 아프다. 오이장사 해보라고 밑돈을 주었지만 딸은 나중에 돈을 벌어 이자 돈으로 갚는다고 했다.

날이 밝기 시작했다. 새벽 다섯 시다. 진옥은 일어나 사령실에 나갔다. 벌써 운전지휘원이 교대준비를 하고 있었다. 진옥을 보더니 온성행 열차가 오전 11시 전에 정확히 들어온다고 알려 주었다.

11시 전이면 9시에 오이박스를 역전 홈으로 내다 놓아야 했다. 그 짐들이 나오자면 객찰구로 문을 열고 나와야 한다. 역전 객찰구는 열차가 들어오기 한 시간 전부터 여행자들의 차표와 증명서를 검열하고 통과시키느라 열어 놓는다.

미리 들어가려면 역전 안내원들과 사업해야 했다. 그들이 객찰구 출입문 열쇄를 가지고 있었다. 비용이 또 필요했다.

3

진옥은 철도역 안내반장에게 오천 원을 주면서 객찰구 문을 열어달라고 말했다. 그는 흔쾌히 허락하였다. 언제든 또 부탁하라는 애교까지 남겼다. 역시 돈은 마술의 힘이었다.

철문이 열렸다. 오이박스를 실은 짐꾼의 손수레가 철도 홈까지 쉽게 나왔다. 짐꾼이 손수레를 세워놓고 열차가 들어올 홈 바닥에 박스를 차곡차곡 쌓아 올렸다. 일을 마친 그에게 운반비를 지불하고 돌려보낸 진옥은 숨이 나갔다. 콘크리트 바닥에 그대로 앉았어도 소파처럼 푹신해 보인다.

30분 지났을까, 객찰구 쪽에서 커다란 손수레가 들어오고 있었다. 그 뒤에 키가 큰 창옥이 머리가 보였다. 반가웠다. 창옥이도 진옥을 알아본 모양이다.

"제 날쌔게도 나왔소야."

그는 손가락으로 진옥이 얼굴을 가리키며 크게도 말했다. 관래(말괄량이) 같았지만 꽁한 여자보다는 좋았다. 이제 열차가 도착하면 꺽다리를 따라 짐만 실으면 회령에 도착하게 되었다. 창옥이는 진옥이 짐보다 한참 떨어진 곳에 오이박스를 쌓아놓았다. 수화물 열차는 객대열차 마지막에 붙어있다는 것이었다. 특이한 경우 열차 앞에 붙기도 하지만 대체로 뒤에 달린다고 말했다. 그는 열차 장거리를 얼마나 다녔는지 철도 바닥을 손금 보듯 환하게 보고 있었다. 진옥이도 급히 오이박스를 그쪽으로 옮겼다 놓았다.

두 여자는 오이박스에 기대어 앉았다. 그리고 수다를 떨기 시작하였다. 창옥이 말이 더 많았는데 제 자랑이 절반이었다.

"내가 순천역전 수화물지도원도 잘 아는데 말이오. 입이 커서 차딩했소. 화물원을 직접 사귀었지, 이제 보면 알기요…… 열차 도착하면 내려와서 내짐을 막 실어주기도 하오."

"괜찮은 사람인가 봐요, 그런데 어떻게 알게 되시오?"

호기심 많은 진옥의 질문은 항상 자기도 모르게 원인과 결과를 묻는 데 습관 되었다. 그는 상대방이 말할 때는 머리를 끄덕끄덕하면서 반응을 잘해 주었다. 그래서인지 사람들은 그녀 앞에서 속말 터놓기를 즐겨하였다.

"나두 처음에 돈이 없어서 오이장사를 시작했소. 오이 백킬로부터 시작했는데 차표 가격 다 빼구도 밥 먹을 돈은 남드란 말이요…… 몇 달 지나서 수량이 좀 불었소."

진옥은 그의 말에 빨려 들어갔다. 지금 자기 처지를 말하는 듯 싶었다. 그래서 나란히 앉았던 몸을 돌려 그와 마주 앉았다. 얼굴을 보면서 듣고 싶었다.

"돈이 조금 모아지자 순천에서는 남새를 가져가고, 다시 돌아 올 때는 회령에서 백승담배를 가져다 순천시장에 넘겼지, 백승담배는 회령에서만 생산하는 군대담배요…… 장사가 커지자 수화물을 부쳐야 움직일 수 있었소. 역전에서 수화물을 수속하고 부치면 열차로 운송해주는데 시간낭비, 돈낭비오. 무슨 말인지 알겠소? 수화물지도원이 뇌물 받은 짐들만 부쳐주고 나머지는 보지도 않소…… 남새 같은 건 다 썩지……."

"그래서 화물원이 직접 말캇나요(서로 약속하다)? 열차에서요?"

결과부터 궁금해 진옥은 그의 말을 가로채고 물었다.

"맞소, 회령에서 담배박스를 수화물로 부치고 수화물 칸으로 갔지…… 마른 낙지를 가지고 말이요. 알랑방구 피면서 술안주 하라고 주었는데……."

그는 목이 말랐는지 물병을 꺼내들고 물을 마셨다. 물병 뚜껑을 닫더니 다시 말을 이었다.

"한 번은 날보고 밥 좀 해달라고 하재…… 화물원들이 있는 방에 가보니 난로가 있더라구, 밥 해먹는 쟁개비두 있고 침대도 있었소……."

이후 창옥은 수화물지도원과 가까워지면서 열차물정을 파악하게 되었다. 열차가 평양에서 출발하면 평양객화차대가 열차에 오르지만, 순천에서는 개천객화차대가 교대한다는 것이다. 화물원이 교대하는 지역을 제대로 파악하고 있어야 서비돈이 이중으로 나가는 것을 막을 수 있다는 말이었다. 잘만 이용하면 열차표 없이도 수화물 빵통을 타고 갈 수 있단다.

"열차표 없이 다녔다구요?"

"공짜는 아니고, 차표가격은 다 나가지."

무슨 말인지 듣고도 모르겠다. 몸을 바친다는 소린지, 수화물가격을 후불로 준다는 것인지 에라, 직접 보면 알게 되겠지. 진옥은 계속 물으면 바보가 되는 것 같아 더 묻지 않았다.

객찰구로 사람들이 나왔다. 평성역에서 봉학-자산-순천역으로 열차가 떠난 것 같다. 열차안내원들이 불어대는 호루라기 소리에 주의가 소란했다. 그들은 여행객들에게 줄을 서라며 소리를 지른다. 아무튼 재들의 아구지는 알아줘야 한다. 늙은이든 젊은이든 반말이 일쑤다.

드디어 열차가 들어왔다. 두 개의 수화물화차는 열차 맨

뒤에 붙어있었다. 열차가 멎어섰다. 객대열차도 문이 열렸고, 수화물화차도 문이 열렸다. 창옥이 안다는 화물원은 어디 있는지, 그녀는 긴 목을 빼들고 화물차마다 들여다보았다.

"화물원 동지, 뭐 합니까?"

찾은 모양이다. 회색 철도복장을 입은 40대 남성이 나왔다. 그가 나와야 오이박스를 실을 수 있었다.

"빨리 올리라."

창옥이가 오이박스를 열차에 올리는데 나이어린 화물원이 맞들어 주었다. 진옥이도 오이박스를 올렸다. 낯선 여자를 보며 화물원이 물었다.

"이건 누구 거야?"

"우리 친척입니다. 이번에 같이 가려고 하는데 도와주십시오."

창옥이 소개하자 그가 다시 물었다.

"차표는 있지?"

"그럼요. 차표 있습니다."

진옥이가 당연하다는 듯 말하였다.

"그럼 빨리 올려."

그가 직접 오이박스를 받았다. 짐을 모두 열차에 올리고 두 여자도 수화물열차에 올랐다. 출발을 알리는 호루라기 소리가 길게 울리고, 철도사령이 푸른색 깃발을 흔들고 있었다. 열차제동이 덜커덩하고 풀리더니 열차가 움직였다. 진옥은 세상이 움직이는 것 같은 착각이 들었다.

화물열차 안에는 크고 작은 마대 짐들이 이쪽저쪽 쌓여 있었다. 끈으로 가로세로 묶어 포장한 소포 짐들도 뒹굴고 있다. 진옥은 화차 한쪽에 오이박스들을 옮겨 쌓았다. 정차역마다 장사 짐들이 계속 오르면 오이박스 위에 던져질 게 걱정스러우니까.

"차표 내야지."

언제 왔는지 화물원이 진옥이 앞에 서서 말했다.

진옥은 증명서와 열차표를 보여주었다. 증명서를 대충 훑어 본 지도원이 "차표 달라는데?"라며 다시 말했다. '차표를 주었는데 차표 달라니요?' 진옥이 얼굴에는 이렇게 씌어져 있었다.

"어디서 이런 촌뜨기가 왔어?……"

"짐 값 내라는 소리지, 그것도 모르오?"

옆에서 보고 있던 창옥이가 말했다.

"짐 값을 내라구요?"

"한 지함에 오천 원, 열두 지함이니까 육만 원 주면 되오."

창옥이가 또박또박 알기 쉽게 가르쳐 주었다. 차표라는 말이 이런 말이었구나. 화물원이 오이박스를 열차에 실어주는 대가로 돈을 내라는 말이었다. 약장사를 해봤다는 진옥이었지만 열차 안에서는 정말 바보였다.

화물원이 차표가 있냐고 묻던 의미를 이제야 깨닫는다. 지금 열차는 장사열차라더니 차표 가격이 도대체 얼마나 드는 건지 모르겠다.

"화물원 동지, 지금 저한데 만 원밖에 없는데……."

"맨대처럼 생겨가지구…… 다음 역에서 짐짝 싹 다 내리우라."

단도직입적으로 말한 지도원이 창옥에게도 한마디 하였다.

"똑똑한 사람 좀 데리고 다녀……."

그리고는 가버렸다. 차표비용을 주지 않으면 오이장사가 나무아비타불이 될 상황이다. 아무것도 모르는 진옥에게 창옥이가 말했다.

"열차도 서비차나 같소. 열차표 있어도 큰 장사 짐은 화물에 올리든, 객대에 올리든 돈을 내야지."

"내가 완전 석두였네요. 몰랐어요…… 야매차표 사느라 돈 다 썼는데……."

진옥이 열차물정을 모른다는 말은 사실이었다. 열차장사가 처음이었다. 창옥이도 그의 말이 거짓말이 아님을 알고 있어 더 말하지 않았다. 그는 자기 돈으로 먼저 내준다고 말했다. 회령시장에서 오이 넘기고 그 돈을 받으면 되니까.

"고마워요, 언니."

그녀는 괜찮다면서 화물원방으로 갔다. 한참 있더니 창옥이가 왔다.

"마음 놓소. 육만 원을 화물원에게 주었으니까, 좌석에 가서 앉아 쉬오."

진옥은 열차표 가격을 속셈으로 계산하기 시작했다. 오이 값보다 열차표 가격이 더 비싸다. 여객지도원에 뇌물로 바친 고양이담배 한 보루 가격도 삼만 원이다. 또 출표원에 오만 원, 안내원과 화물원에 준 비용까지 합하면 거의 십오만 원이나 들어간다.

"내가 무슨 자선가도 아니고, 돈을 휴지처럼 뿌리고 다니네."

진옥은 쓴 웃음이 나왔다.

"열차표를 살 돈이면 차라리 편안히 앉아 먹구놀 걸…… 뭐하는 건지."

은근 화가 올랐다. 차표가격을 주지 않는다고 자기를 맨대라고 욕을 하던 화물원의 말이 괘씸하였다.

"사우디아라비아 메뚜기처럼 생긴 게 누구 보고 맨대라구……."

그녀는 입술에 힘주고 말했다. 그를 잘 아는 창옥이 들으라고 일부러 말하였다. 그녀는 진옥이 불평을 그냥 들어주었다. 장사를 배울 때는 자기도 그랬었다. 시장수업료였다.

진옥은 오이 박스를 다시 확인하고 다음 정차역에서 내렸다. 벌써 여섯 역을 지난 것 같다. 기관차대가리를 제때에 바꾸면 삼일, 늦으면 일주일 걸려야 회령에 도착한다고 한다. 열차좌석에서 한잠 자야겠다고 생각했다. 피곤이 몰려왔다.

그녀는 열차표에 새겨진 좌석 번호를 찾아갔다. 그런데 빈 좌석이 없었다. 다시 차표를 확인하고 보았는데 그 자리에 중년 여성이 앉아 있었다.

"내 자리야요, 비키라요."

진옥이 소리쳤다. 그러나 중년여성은 진옥이를 보면서도 일어나지 않았다. 무슨 말을 하려다가 그만두더니 고개를 빼들고 누군가를 찾았다. 좌석을 지키려는 듯 일어서지는 않고 의자에 앉아 불렀다.

"열차원, 열차원……."

열차안내원 처녀가 달려왔다. 진옥이가 먼저 열차원에게 열차표를 보였다. 그는 얼마나 비싸게 구매한 열차표인데, 그 자리에 다른 사람이 앉는다는 게 말이 되냐는 눈빛을 던졌다.

"어느 역에서 올랐어요?"

열차원이 물었다.

"순천에서 올랐는데 수화물 때문에 빵통에 있다가 지금

왔어요."

진옥이 대답에 열차원은 아무 말도 못했다. 그는 큰 장사꾼들을 여객전무와 짜고 무임승차해주며 돈벌이를 하고 있었다. 이들만 통하면 열차표 없이도 열차에 오른다. 장사꾼들을 여객전무나, 열차원들의 방에 앉히기도 하지만, 가능하면 그러지 않았다. 돈을 분배하면 몫이 적었다. 여객전무는 말이 잘 통하는 열차원과 단둘이 돈을 벌었다. 열차표를 구매한 여행객이 열차에 오르지 못했거나, 도중에 하차하는 좌석을 체크해 열차 내에서 좌석을 팔면서 돈벌이 하고 있었다.

순천역전에서 몇 개 역을 지나도록 좌석표 손님이 오르지 않자 열차원은 중년 장사꾼에게 그 자리를 팔았다. 가격은 야매 열차표 가격이었다. 그런데 열차표를 소유한 손님이 왔으니 열차원이라도 자리를 내주어야 한다.

열차원이 장사꾼에게 사정하듯 말했다.

"이 손님 자리가 맞아요…… 좌우지간 지금 자리를 내주고 아무데 좀 앉아있던지……."

"내가 다리관절염이 심해서 오래 서있지 못해요."

중년 장사꾼이 역정을 쓰면서 말했다. 열차표가 없어도 이미 열차표를 대신하는 현금을 열차원에게 주었으니 장사꾼이 갑이다.

몸도 육중한 장사꾼이 할 수 없이 일어나 좌석을 내주었다. 의자 밑에, 그리고 좌석 앞에도 장사꾼의 짐이 꽉 차있었다. 그는 몸만 빠져나갔다.

"짐 뽑으라요."

진옥이가 오돌차게 말했다.

"아지미, 좀 사정하자. 짐만 그대로 놓아두게 해줘. 아지미는 짐도 없잖아……."

"난 짐 값을 따로 지불했거든요."

하마터면 진옥은 이 말을 뱉을 뻔 했다. 쓸데없는 말을 하는 대신, 피뜩 좋은 생각이 떠올랐다. '내 자리에 놓은 짐 값을 받아야겠어…… 얼마 내라 할까?'

궁리하면서 그는 더 앙탈을 부렸다.

"내 짐도 있어요. 의자 밑에도 짐을 넣어야 되니까 모조리 빼줘요."

진옥은 짐을 빼는 흉내를 냈다. 의자 밑에 큰 마대 짐이 두 개, 의자 앞에 한 개 있었다. 이렇게 큰 짐을 어떻게 넣었는지 움쩍도 안했다. 다시 빼려면 어지간한 힘도 힘이지만 당장 어디에 놓을 데가 없었다.

"같은 여자끼리 야박하게 길디 말자야…… 시원하게 까까오나 사먹어."

그녀는 오천 원 한 장을 진옥이 주머니에 넣어주었다. 열차표 비용을 제때에 쓸 줄 아는 여자였다. 그리고는 의자 한쪽

모퉁이에 엉덩이 반을 붙이고 한 다리를 들고 서있었다.

진옥은 의자에 편하게 앉았다. 잠이 오지 않았다. 생각지도 못했던 오천 원을 받으니 또 다른 생각이 떠올랐다. '이 좌석을 팔까?'

어쩐지 중년 장사꾼이 살 것 같았다. 열차원이 언제 좌석을 해결해 줄지 모르지 않는가. 열차에 오르게 해준 것만 해도 열차원 할 일은 절반 한 거다.

"조용히 좀 만날까요?"

진옥이 그에게 먼저 말했다. 그는 알았다고 고개를 끄덕였다. 두 여자는 열차 승강기 발판 쪽으로 걸어갔다. 대머리 남자가 문을 활짝 열어놓고 담배를 피운다. 그는 바깥 풍경을 바라보고 있었다. 두 여자는 그 반대쪽으로 돌아섰다. 그곳에는 아무도 없었다.

"열차표 안 살래요? 내가 돈이 없어서 그래요…… 살래요?"

진옥이가 물었다. 앞에 선 장사꾼은 별로 놀라지도 않았다. 웃지도 않았고 거절도 안 했다. 잠간 뜸을 들이더니 거쉰 목소리로 물었다.

"얼마 받을라구? 아지미…… 먼저 말해봐."

흥정표가 던져졌다.

"육만 원만 주면 돼요."

진옥은 화물원에게 주어야 할 차표비용을 뽑고 싶었다. 창옥이가 먼저 내주긴 했지만 빚진 돈이었다. 돈 몇 푼 때문에 '맨대라느니, 똑똑치 못하다느니' 말을 들은 일이 언제 생각해도 불쾌했다. 그 말은 목에 걸린 가시처럼 진옥이 마음을 찔렀다.

"오만 원만 하라마. 나도 아쉽지 않게스리…… 열차원한테 차표돈 먼저 주어서 길디 않니……."

장사꾼도 이미 열차표비용이 나갔다는 말이었다. 진옥이가 제의한 좌석차표를 또 사면 두 배로 돈이 나간다. 진옥이도 같은 심정이라 까박을 붙이지 않았다. 이들은 오만 원으로 열차표가격을 합의하였다.

진옥은 열차표를 주고 그 장사꾼으로부터 현금 오만 원을 받았다. 그리고는 아무 일도 없다는 듯 좌석으로 다시 갔다. 그는 창가 옷걸이에 걸었던 상의를 벗겨들고 열차좌석에서 나왔다. 그 자리로 중년 장사꾼이 다시 앉았다. 그는 아주 편하게 두 다리를 맞은 편 의자에 뻗쳤다. 출출했던지 가방에서 꺼내든 빵을 그는 여유롭게 먹고 있다.

진옥은 열차 바닥에 앉았다. 바닥에 앉으니 오가는 사람들이 무엇을 하는지 한눈에 안겨온다. 그는 열차표를 둘러싸고 벌어지는 일 중에 아직 모르는 일들이 많다고 생각했다. 그것이 무엇인지 알지 못했지만 '열차표를 잘 이용하면 훨씬 더 큰 돈벌이가 있겠구나' 깨달았다. 인생 열차표는 비싸지 않았다.

'북한 작가들의 철도 이야기 소설집'을 펴내며

방민호 (서울대학교 국어국문학과 교수)

1

북한 작가들의 경원선을 비롯한 철도 이야기 여섯 편을 모아 창작집을 펴낸다. 소설집 제목은 '원산에서 철원까지'라고 하였다. 여섯 편의 이야기 중 대부분이 원산에서 철원까지의 철도 이야기를 담고 있기 때문이다.

지금껏 필자는 북한을 떠나 한국에 정착해서 작품 활동을 하는 작가들의 작품을 함께 펴내면서 북한의 정치 체제나 인권 상황에 관심을 표명해 왔으나 이번에는 이러한 관심은 유지하되 이야기의 넓이나 깊이는 좀 더 북한에서의 사람들의 삶 그 자체를 향하고자 했다.

2

먼저 이 '북한 작가들의 철도 이야기 소설집'이 구상된 경위를 간단히 소개할 필요를 느낀다. 서울대학교 통일평화연구원은 학교 내외의 통일평화 관련 기관이나 연구자들의 연구 및 실천 활동을 다년간에 걸쳐 지원해 왔다. 필자 역시 그에 힘입어 남북한 작가들의 공동소설집을 함께 펴내 왔으니, 『국경을 넘는 그림자』, 『금덩이 이야기』, 『꼬리 없는 소』, 『단군릉 이야기』 등이 그것이다. 또한 필자는 서세림, 이지은 등 젊은 연구자들과 월남문학과는 또 다른 이색적 문학현상으로서 탈북작가들의 문학에 관한 일련의 연구를 통하여 『탈북문학의 도전과 실험』이라는 공동연구서를 펴내기도 했다.

이렇게 약 5년에 걸친 작업을 해오는 사이에 시대의 흐름이 바뀌었다. '촛불혁명'이라 부르는 시대의 격변은 한국 정치의 지형도를 뒤바꾸어 놓았고, 과거의 야당이 여당으로, 여당이 야당이 되는 변화가 일어났다. 북한 문제와 관련하여 아이러니는 한국의 정치적 환경 변화가 북한 문제를 다루는 정책적 방향과 성격에 변화를 가져온다는 것이어서, 현재 한국에서는 북한 권력 담당층과 대화와 타협을 모색하려는 노력이 현저하다고 할 수 있다.

그러나 대학교에서의 북한문학 연구나 그에 따른 활동은 학교 바깥에서와 달리 현저한 자율성을 확보할 수 있는 이

점이 없지 않다. 시대의 주조는 바뀌었으나 북한 체제에 대한 근본적인 문제의식을 가진 사람들이 어떤 형태로든 주제에 접근하려는 노력을 경주할 수 있는 여지가 있다. 이것은 시대적 주조가 바뀌기 전에도 대학에서는 한국의 정치적 상황을 우려하는 사람들이 다소 자율적인 발언력을 가질 수 있었던 사실과도 밀접히 관련되어 있다. 그럼에도 또 시대의 변화는 변화대로 대학의 연구 집단이나 개별 연구자들에게 영향을 미치지 않는다고도 할 수 없다.

3

여러 상황을 고려하면서 필자가 지난 한 해 동안 연구 테마로 삼은 것은 '남북 연결철도 경원선과 한국문학'이라는 것이었다. 시대적 환경을 고려한 산물이기는 하지만 한편으로 이 주제는 앞으로의 북한문학 연구에 대한 필자의 고민과 문제의식이 투영되어 있다고도 할 수 있다.

필자는 지난 수 년 동안 구한말에서 일제강점기에 이르는 시대의 문제적 문학인들에 대한 연구를 진척시켜 왔다. 2·8 독립선언서를 쓴 상하이 망명 운동가로부터 일제 말기의 노골적인 대일협력자로 나아간 이광수로부터 시작된 이 연구는 안창호, 이승훈, 김구, 신채호 등 이광수의 선배 세대들에 대한 연구를 곁들일 수밖에 없었다. 이러한 과정에서 필자의 시선에 들어온 것이 바로 북한의 문제적 지역들에 대한 탐사를 북한문학 연구에 결합시킬 수 있어야 한다는 지역학적 의제 설정이었다. 그러고 보면 도산 안창호의 강서(평양)과 정주, 남강 이승훈의 정주 및 그 오산학교, 백범 김구의 해주와 안악 등은 이광수의 정신적 성장과정과 아주 밀접한 관련을 맺지 않을 수 없었던 북한의 지역들이라 할 수 있다. 여기에 필자는 이른바 '월남문학' 연구의 산물로서 얻은 최인훈과 이호철의 원산, 그리고 박완서의 고향 개성(개풍)을 추가하고자 한다.

경의선을 타고 올라가면서 생각해 보면, 개성-평양-정주 같은 지역들이 일제 강점기로부터 현재의 북한 시대에 이르기까지 문학적으로 매우 중요함을 깨달을 수 있고, 개성 바로 위 토성에서 황해선으로 갈라져 나와 이르는 해주가 새삼 중요한 근대의 공간임을 생각할 수 있다.

이 해주는 백범 김구의 고향 인근이자 이토 히로부미를 처단한 도마 안중근과 『압록강은 흐른다』의 작가 이미륵의 고향이기도 하다. 정주는 이광수의 고향이자 오산학교를 설립한 남강 이승훈의 고향이고 백석 시인의 고향이기도 하며 바로 옆 김소월 시인의 고향 곽산은 현재 북한 행정구역상 정주의 일부가 되어 있다. 개성은 현대의 대작가 박완서의 고향이지만 서울에서 그곳으로 가 전업작가로 살았고 독서회 사건으로 연루되어 일제의 정치권력에 '포섭'되었던 채만식의 공간이기도 했으며 그의 『심청전』 패러디 소설 『심봉사』의 공간이기도 하다.

한편으로 지난 한 해 동안 필자가 연구 주제로 삼았던 경원선은 일제 강점기에 완공된 노선으로 문학사의 여러 국면들을 거느리고 있는 철도라고 할 수 있다. 1910년 10월부터 1914년 8월에 걸쳐 당시 총연장 223km로 완공을 보았고 용산-의정부-철원-평강-삼방-석왕사-원산 등을 비롯하여 모두 34개 역을 가지고 있었으나 해방과 더불어 온 분단 및 한국전쟁의 여파로 철원 월정리 이북 노선은 달릴 수 없는 곳이 되었다.

그러나 남쪽에서 보면 넘어갈 수 없는 곳이 되었지만 북한에서는 이 철로를 버려두지만은 않고 있었다. 이번 소설집에 실린 장면들 곳곳에 남북으로 나누어진 경원선의 북한에서의 모습을 확인할 수 있음이 그 증빙이다. 특히 도명학 작가의 「추가령 높은 고개」는 옛날의 경원선이 현재 북한 강원선의 일부로 운행되는 상황을 생생하게 보여준다. 다음은 그 면면들이다.

(가) 도명학,「추가령 높은 계곡」1

1998년 늦봄이었다. 평라선(평양-나진)철로로 동해를 따라 서리 맞은 뱀처럼 느릿느릿 기어 내려온 혜산발-해주행 제38준급행열차가 고원역에 24시간째 발이 묶여 있었다. 고원역은 강원도와 인접한 함경남도 최남단 주요기술역이다. 이제부터 가장 열악하기로 소문난 강원선이 시작된다. 그런데 강원선 초입부터 고투가 시작된 것이다. 함남 최북단 단천역에서 연결된 기관차는 열차를 끌고 고원역까지 내려와 임무가 끝났고 북행열차를 끌고 다시 북상했다. 이제는 고원역에서 다른 기관차가 강원선과 청년이천선을 거쳐 황해도 사리원역까지 끌고 갈 순서다. 하지만 기관차가 없어 언제 여유가 생길지 무한정 기다려야 할 판이다. 고원기관차대가 보유한 기관차 대부분이 파철덩어리나 다름없었다. 가동할 수 있는 기관차가 몇 대 되지 않았다.

*** 현재 북한의 주요 철도 노선(표지 안쪽면 참고)**

(나) 도명학, 「추가령 높은 계곡」 2

강원선은 혜산-해주, 함흥-사리원 간 여객열차 둘밖에 운행하지 못한다. 그마저도 정전이 잦고 기관차가 모자라 며칠에 한 번 다니는 꼴이다. 혜산-해주행은 백두산 인근 압록강기슭 혜산을 출발해 길혜선(길주-혜산)과 평나선(평양-나진)의 동해안노선을 따라 강원선을 경유해 '청년이천선'에 이어져 사리원에 이른다. 여기서 경의선을 이탈해 해주까지 가야 끝나는 운행거리가 가장 긴 열차다. 반면 함흥-사리원열차는 함흥에서 사리원까지로 운행구간이 훨씬 짧다. 당연히 혜산-해주 간 열차에 승객이 더 많을 수밖에 없다. 그것도 평나선 구간은 급행으로 달리지만 강원선에 들어서면 역마다 전부 정차하는 완행열차로 변한다. 준급행인 것이다. 원래는 강원선에 평양-고원-원산-안변-고산-세포-평강을 운행하는 제13,14급행열차가 주요열차였다. 그러나 강원선 여건이 악화되면서 비교적 상태가 양호한 평양-원산 구간만 다니는 데 그쳤다. 강원선의 기본구간인 옛 경원선 철원 이북 원산-평강 구간은 포기하고 만 것이다. 강원선은 함경남도 최남단 고원역에서부터 북강원도 평강역을 잇는 145.1km 노선이다. 이 철길은 강원도의 천내, 문천, 원산, 안변, 고산, 세포, 평강 등의 넓은 지역을 거쳐 청년이천선과 이어져 황해도로 간다. 국토분단이 경원선 북쪽구간을 강원선이라 불리는 구간에 흡수시킨 모양새다. 그래선지 모르나 분단의 곡절만큼이나 이 구간은 돌발적인 사고와 사건이 많았다.

이러한 경원선의 현재 북한 쪽 모습은 장해성 작가의 「김택광 소전」과 이지명 작가의 「침묵」, 그리고 김정애 작가의 「철원에서 생긴 일」 등에서도 여실히 엿볼 수 있다. 이 대목들도 간략히 살펴보면 다음과 같다.

(다) 장해성, 「김택광 소전」

북한 조선중앙방송 경제국 기자 박상순이 평양역에서 평강행 열차에 오른 것은 밤 열두 시 넘어서였다. 강원도 평강 무슨 닭 목장 취재를 위해 떠난 것이다.

어쩌다 열차가 정시에 떠난다 해서 마음 놓았는데 신성천, 장림, 양덕을 지나 거차 고개를 올라가면서부터 엉금엉금 기기 시작했다. 그러다 함흥, 청진 쪽과 원산 평강 쪽으로 갈라지는 고원역에 와서는 아예 멎어버리고 말았다.

어디선가 김정일이 탄 1호 열차가 통과한다고 해서였다. 물론 이제는 당연한 일로 여겨지고 있지만 어이없는 일이다. 수령도 인민의 아들이라고 하면서 그 한 사람 때문에 숱한 열차를 세워놓는단 말인가. 그러다 그 사람 탄 열차 움직임이 끝나야 다른 열차도 출발시킨다는 것이다. 말도 되지 않는다. 하지만 어쩔 수 없다.

그러다 보니 아침 7시에 원산에 도착하여야 할 열차가 오후 2시도 넘어서야 도착했다. 거기서도 평강까지는 또 한참이다.

그런대로 원산이 북한 강원도 소재지다 보니 많은 사람들이 쏟아져 내렸다. 그래서 이제 더는 화장실까지 꽉 차는 일은 없어졌다.

하지만 열차가 원산역을 떠나 갈마, 배화, 안변역을 지나면서부터는 또 다시 느릿느릿 도살장에 들어가는 황소처럼 기어가기 시작했다.

글쎄 양덕 지나 거차역에서부터는 그 험한 마식령산맥을 넘다보니 그렇다 치자. 하지만 여기서는 왜 또 이 모양인가. 잘하면 그날 중에 취재를 마치고 밤차에는 돌아설 수 있겠구나 생각했는데 그날은 고사하고 평강 도착은 한밤중일 것 같았다.

(라) 이지명, 「침묵」

걸음을 멈추고 아들을 바라보는 어머니의 눈길엔 실망보다 측은함이 서렸다.

"넌 원산에서 평강까지 이르는 이 철길노선 이름이 뭔지는 알고 있냐?"

"강원선 아닙니까? 그것도 모를까 봐서요?"

"강원선이지만 할아버지에겐 강원선이 아닌 경원선으로 인이 박혀 계실 거다."

"경원선이요? 그게 무슨……."

"원래는 남조선 서울에서 우리나라 원산까지 연결돼 있던 철도란다. 지금은 잘렸지만, 서울의 예전 이름이 경성이었거든."

"그래서요?"

"할아버진 이 경원선에 한생을 묻으셨다. 너의 증조할아버지 때부터…… 남쪽에 고향을 둔 할아버진 분단 이후 단 한 번도 고향에 가보지 못하셨다. 젊었을 적 한때 기관사로 일한 할아버지가 지척에 고향을 두고 평강에서 돌아설 때 그 마음이 어땠겠니?"

(마) 김정애, 「철원에서 생긴 일」

여느 날보다 적잖은 사람들이 모였지만 긴 나무의자엔 아직 빈자리가 많았다. 박병수는 구석 쪽으로 갔다. 두꺼운 동복 깃에 얼굴을 파묻은 여자가 미동도 없이 웅크리고 앉은 비어있는 옆자릴 가리키며 "여기 자리 있소?"라고 물었다.

"없어요."

여자는 배시시 얼굴을 내밀고 노인을 힐끗 쳐다보고는 다시 목을 움츠린다.

"아재는 어디로 가오?" 박병수가 앉으며 묻는 말이다.

"갈마에 갑니다" 얼굴을 묻은 채 말하는데도 박병수는 반색한다.

"원산 갈마 말이요? 나도 그 방향인데, 참 잘 됐구만. 그런데 기차는 언제부터 기다렸소?"

아침부터라는 여자의 말에 노인은 오늘은 기차가 분명 있냐고 또 묻는다. "안내가 있다면 있겠죠, 뭐." 여자는 심드렁하니 대답을 하면서도 얼굴을 들고 아침에 물었을 때도 후창에 있다던 기차가 아직도 후창을 떠나지 않았다고 덧붙여 말했다. "후창이라……." 박노인이 입속말로 되뇌며 눈을 감는다. 방진, 락산, 관해, 삼해, 부거, 사구, 련진, 승원, 토막…… 결국 아홉 개의 역을 두고 열차가 삼 일 동안 움직이지 않았다는 말이다. 우물우물 역을 세어보던 박노인이 불안한 눈길로 벽시계를 쳐다본다. 무슨 급히 가야 할 일이 있는 듯했다. 안절부절못하며 손전화기를 꺼내 들고는 잠시 뜸을 들이더니 어인 일인지 다시 집어 넣는다.

저쪽 불 꺼진 안내실 창문은 커튼으로 가려졌다. 기차가 미정이어서 그런지 난로 주변 사람들은 한창 놀음에 들떠있다. 콘크리트 바닥에 양반다리를 틀고 주패장(카드)를 패대기는 소리에 함성까지 터진다.

이와 같은 대목들은 북한쪽 경원선 철도 연변의 오늘날의 모습을 실감나게 재현해 보여준다. 여기에는 우리에게는 이제 낯설어진 지명들이 넘쳐나지만 그럼에도 남과 북의 역사와 지리의 공통성은 우리의 희미한 기억을 일깨워 북한쪽 경원선 지역의 현재상을 새로운 눈으로 엿볼 수 있게 한다.

이 대목대목들, 그리고 이를 포함한 작품 속 이야기가 어떤 지리적 배경을 갖느냐 하는 것은 이 책에 부록으로 넣은 북한 쪽 주요 철도 지도를 살펴보면 보다 손쉽게 이해할 수 있을 것이다.

4

이 글은 원래 발문 성격의 글을 예정에 둔 것이었다. 따라서 작품들에 대한 자세한 분석이나 논의는 가급적 피하려 한다. 그러나 작품집의 면면을 깊이 들여다보기 위해서는 작품과 그 작가들을 알아두는 것도 나쁘지 않을 것이라 생각한다.

이 작품집에는 모두 여섯 편의 '이야기'가 실려 있다. 굳이 말하자면 이 소설집에 실린 작품들은 '소설'이라기보다 '이야기' 같다. 그만큼 내용이 쉽고 간결하고 그러면서도 오늘날의 북한에서 바야흐로 벌어지고 있는 일들을 옮겨다 놓은 것 같다.

장해성 작가는 이 작품집 수록 작가 중 가장 노련한 작가일 것이다. 1945년 중국 화룡현에서 출생, 1962년에 북한으로 건너갔고 1972년에 김일성종합대학 철학과에 들어간 후 졸업 후 조선중앙방송 기자로, 또 드라마 작가로 오랫동안 일했다. 기자라면 시대의 흐름에 가장 예민한 직업이라 할 수 있고, 드라마나 소설은 현실지향적인 성격이 강한 장르라 할 수 있으니, 이 작가가 북한을 떠나 한국으로 온 것도, 북한 현실에 대한 날카로운 비판적 시선을 갖춘 것도 모두 이해할 수 있다. 이 창작집에 실린 「김택광 소전」은 북한 중앙방송 경제국 기자 박상순의 시선과 회상을 따라 철도대학 동창생 김택광의 삶과 그의 죽음에 얽힌 사연을 유머러스하면서도 비극적으로 그려낸 작품이다. 대학시절에 타고난 '끼'를 주체 못하고 대학 체제에 적응하지 못한 삶을 살던 김택광은 대하 졸업 후 '3대혁명 소조'의 일원으로 함흥 철도 관리국 원산 분국 세포라는 곳으로 파견된다. 이러한 그가 침목 생산을 위해 멀리 양강도 삼지연으로 떠났다 죽음을 당하게 되는 이야기는 읽는 사람들을 절로 웃음 짓게 하면서 결국 드러나는 사건의 결말에 놀라움을 겪게 한다.

도명학 작가는 1965년 양강도 혜산에서 출생했다. 필자와는 나이가 같다. 김일성종합대학 조선어문학부 창작과를 수료했으니 작가 수업을 제대로 받았으며, 혜산에서 작가 수업을 받을 때는 당시 삼수군에서 말년을 보내던 시인 백석을 목격한 일도 있었다. 그는 이미 작품집 『잔혹한 선물』을 펴낸 바 있는데, 독자들은 유머러스하면서도 간결한 필치의 그의 작품에서 일종의 '예술성'을 확인할 수 있으리라 생각한다. 이 창작집에 실린 「추가령 높은 고개」는 경원선 북쪽 지역, 오늘날 강원선이라 불리는 철길을 타고 전개되는 열차 안 이야기를 손에 잡힐 듯 그려놓은 것이다. 혜산광산 사람들로 황해도로 쌀과 옥수수 등을 떼러 가는 명수와 인호 등 갓 제대한 젊은이들이 주인공인데, 이러한 설정부터 북한 쪽에서 펼쳐지는 삶의 곡절들을 구체적으로 보여준다. 열차 안 풍경의

'리얼리티'도 그렇지만 문체의 생생함이 독자들의 시선을 고정시켜 놓는다. 사실 소설은 내용이 아니라 문장이 끌어가는 것이라 해도 과언이 아님을 이 작품을 통해 확인할 수 있다. 이 이야기가 클라이맥스에 이르는 추가령은 나무위키의 설명에 따르면 북한의 강원도 고산군 삼방리와 세포군 세포리 사이의 단애에서 기원한 것으로 사람들에게 고개로 인식되고 있는 지역을 가리키는 말이다. 우리는 추가령 구조곡이라는 말을 많이 들어 왔는데, 이 고개에 강원선 열차가 다다르면서 발생한 비극적 이야기는 북한의 경제적 실상과 군사적 체제의 어려움을 집약적으로 드러내는 효과를 발휘한다. 도명학 작가의 이야기는 유머러스한, 해학적 이야기의 연결 끝에 현실의 본질적 문제가 불현듯 그 무서운 모습을 드러내는 형태를 취하곤 한다.

이지명 작가는 1953년 함경북도 청진에서 출생하여 많은 작품들을 써냈다. 한국으로 들어와서는 장편소설을 출간할 정도로 왕성한 활동 중에 있으며 지금은 이정 작가의 초대로 충남 논산에 거주하며 농촌적 삶 속에서 창작을 위한 열의를 불태우고 있다고 들었다. 이 창작집에 수록된 「침목」은 경원선 철로의 남과 북 지역을 가로지르는 '철도 가족'의 이야기를 제시해 보인다. 경원선 철로는 한국전쟁이 끝나면서 철원군 철원읍 월정리역에서 더 이상 북쪽으로 올라갈 수 없는 길이 되었다. 그 북쪽에서 남쪽으로 내려온 젊은이 '신충'은 한국에 입국한 지 6개월밖에 되지 않은 탈북자다. 그의 할아버지 신덕순은 북한에서 철로감시원 일을 했고 부친 신이철은 갈마화물역에서 화물열차 기관사로 일했다. 신충과 그의 할아버지, 아버지 등 3대가 사는 집은 안변에 있었는데, "안변은 원산에서 평강에 이르는 강원선의 지선인 금강산 청년선과 갈리는 지점"이기도 하다. 3대에 걸쳐 철도 일에 종사해 온 집안이지만 신충의 할아버지 신덕순은 지금은 북한에서 "남강원도"라 불리는 철원 출신인 덕분에 철도국 처장 자리에서 물러나야 했던 쓰라린 과거를 안고 있다. 그는 자신과 아들을 따라 기관사가 되어 철도업에 종사하려는 손자 신충을 강하게 만류하는데, 이 과정에서 충은 각성한 인물이라 할 수 있는 '은영'의 조언을 따라 남과 북의 현실에 대해 새로운 눈을 갖게 된다.

김정애 작가는 1968년 청진에서 태어나 출신 신분 문제로 어려운 삶을 겪어오던 중 2003년 굶주림 속에서 북한을 탈출, 2005년 한국에 입국했고, 2014년에 단편소설 「밥」을 발표하며 작가생활에 뛰어들었다. 단편소설 「소원」으로 북한인권문학상을 수상하기도 한 이 작가는 작가 수업 시절에 한국의 가장 중요한 여성 작가 가운데 한 사람인 박완서의 작품들을 감명 깊게 읽으면서 작가적 이상을 수립한 경험을 갖고 있다. 그래서인지 이 김정애 작가의 작품은 짙은 자전적 요소와 더불어 제도와 권력의 문제를 넘어서는 '인생'의 우여곡절, 그리고 우연을 감촉하게 한다. 이 창작집에 수록된 「철원에서 생긴 일」은 "토막골의 전쟁영웅 박병수"의 일생의 이야기를 독자들 앞에 펼쳐내 보인다. "어슬녘이 되자 토막골을 휩쓰는 눈바람이 기승을 부린다. 깊고 긴 광주령 고개를 넘어온 뽀얀 눈보라가 쌩쌩 갈기를 일으키며 낮에 조금 녹아 번들거리던 찻길을 금세 빙판으로 만들었다" 하는 첫 문장은 단편소설의 전통적이고도 정통적인 문장미를 느낄 수 있게 한다. 갈마 쪽으로 가야 할 기차는 후창이라는 곳에서 사흘 동안 꼼짝도 하지 않고 서 있다. 임종을 앞둔 아내를 찾아 원산 갈마를 거쳐 철원 쪽으로 가야 하는 이 박병수 노인에게는 지난날 6·25 전쟁 때 열일곱 살 어린 나이로 전쟁에 징집되어 낙동강 전선까지 나아갔던 '자랑스러운' 경력이 있다. 이 이야기는 이 자랑스러운 경력 뒤에 숨어 있던 철원 이야기를 독자들 앞에 끄집어내 보여준다. 철원의 한 농가에 주둔하다 살모사에 물려 낙오된 그는 이 농가의 여인 오복녀와 어떤 관계를 맺게 되고 이 운명적인 만남은 그가 낙동강 전선에서 밀려 올라가며 후퇴하던 와중에 다시 한 번 거듭된다. 전쟁이 끝나고 아이 아버지를 찾아 휴전선을 넘은 오복녀는 북한에서 폭격을 맞아 일가족이 멸족된 '차명옥'이라는 여자의 이름을 가지고 새로운 삶을 살게 된다.

한편으로 이 소설집에는 경원선 북쪽 연변의 이야기는 아니지만 '북한 철도 이야기'라는 넓은 범주 안에 포괄할 수 있는 두 편의 이야기가 더 수록되어 있다. 하나는 설송아 작가의 「인생 열차표는 비싸지 않았다」이고 다른 하나는 김수진 작가의 「열차에서 만난 도둑」이다. 설송아 작가의 작품은 그가 나중에 하나의 연작소설집으로 펴내게 될 '진옥이' 이야기의 한 대목이고, 김수진 작가의 작품은 '마지막 개성공단 길'이라 불릴 만한 것으로 개성공단 생산 물품을 평양으로 실어가 파는 일을 하는 '용희' 여인의 이야기를 그려놓은 것이다.

설송아 작가는 1969년 평안남도 순천 태생으로 필자가 기획한 2015년 '북한 인권을 말하는 남북한 작가의 공동소설집' 『국경을 넘는 그림자』에 첫 단편소설 '진옥이'를 발표하며 작가 활동을 시작했다. 대학원에서 북한 연구를 하고 있기도 한 이 작가는 북한의 여성 문제에 대한 독특한 접근법으로 주목을 받을 만하다고 생각한다. 실제로 첫 단편소설 「진옥이」는 『국경을 넘는 그림자』가 일본어로 번역되었을 때 번역자의 우려 섞인 시선을 사기도 했는데, 필자는 그러한 우려와 달리 오히려 이 작품이 북한에서의 여성의 실제 모습을 강렬하게 보여주고 있다고 생각했다. 이 소설 속의 '진옥이'는 생존과 생활을 위해서는 어떤 규칙이나 도덕률도 넘어설 수 있는, 마치 김동인의 단편소설 「감자」의 여주인공 '복녀'를 방불케 하는 현대판 북한 여성이다. 이번의 공동 창작집에 실린 「인생 열차표는 비싸지 않았다」는 이 '진옥이의 새 출발'이라 명명할 수 있을 만한 것으로 "동림교양소에서 출소한 이후"의 진옥이의 새로운 "남새장사" 실험을 그려내고 있다. 순천 시장에서 함경북도로 토마토나 오이 같은 계절 채소를 떼다 파는 장삿길에 나서는 진옥의 모습을 통해 이 작품은 북한 경제 체제가 작동하는 모습을 아주 구체적으로 보여준다. 이 체제 아래서 사람들은 규칙이나 법을 따르기보다 그것을 넘어서는 본능적이고도 동물적인 생존 감각에 의존해 살아간다. 이 소설의 마지막 문장 "인생 열차표는 비싸지 않았다"는 순천에서 회령으로 가는 첫 장삿길을 통해 새로운 인생을 실험하고자 하는 진옥 여성의 당찬 모습을 강렬하게 매듭짓고 있다 할 만하다.

「열차에서 만난 도둑」의 김수진 작가는 이번에 필자의 북한 소설집 기획과 처음으로 인연을 맺게 되었다. 1966년에 함경북도에서 출생하였고 2016년에 『망명북한작가PEN문학』에 첫 단편소설 「산 넘어 산」을 발표한 김수진 작가는 이번에는 마치 설송아 작가의 '진옥이의 첫 장삿길'과 짝을 이루듯 '용희의 마지막 장삿길'을 선보이고 있다. 작품 활동 이력이 많지 않은 작가임에도 소설의 첫 문장부터 작가다운 솜

씨가 엿보인다 할 만하다. "개성을 떠난 열차는 어둠을 뚫고 벌써 개풍역으로 들어서고 있었다. 아직 자리를 잡지 못한 손님들은 많았다. 수수떡 같은 불빛 사이를 헤집고 손과 손에서 번쩍이는 전짓불들이 여기저기로 퍼져 나간다……" 하는 문장은 처음부터 상황을 압축적으로, 속도감 있게 제시할 수 있는 작가의 문장력을 보여준다 할 수 있다. 여기 열차에 탄 '용희'는 5년 동안 '평부선'을 오가며 "통제품목"이라 할 개성공단 생산품을 평양에 가져다 파는 장사를 해왔고, 이번이 그 마지막 길이다. 이 이야기는 개성공단이 폐쇄되는 시기를 배경으로 삼고 있고 용희의 아들 명석이 입시생인 데서 드러나듯 북한의 대학 보내기에 관한 풍속까지 담고 있어 하나의 단편소설 안에서도 현실을 집약적으로 드러내는 소설적 전통 안에 이 작가가 자리를 잡고 있음을 말해준다. 열차 안은 검속의 연속이다. 개성공단 장사는 만약 통제물품을 실어 나르는 것이 발각되면 용희네는 평양에서 추방될지 모르는 위험한 일이다. 열차 안에서 만난 맞은편 승객의 도움으로 천신만고 끝에 평양에 내리는 데 성공하는 이 여성의 이야기는 우리가 앞으로 기획하게 될 옛 경의선의 북쪽 노선 '평부선' 이야기집의 예고편이라고도 할 수 있을 것이다.

5

제도와 권력은 아무리 강하다 해도 한정이 있고 '힘없는' 문학은 좋은 작품이기만 하다면 오랜 수명을 누릴 수 있음을, 문학을 아는 사람들은 부정하지 않는다. 오늘날 남과 북의 현실은 정치권력의 향방을 따라 상황이 바뀌지만 이를 정시하려는 문학의 시도는 상황의 변화를 따르면서도 오히려 따르지 않는 지혜를 발휘할 수 있을 것이라 생각한다.

이번에 경원선의 북쪽 지역 철길을 중심으로 북한에서의 현재의 삶을 언어로 옮겨 놓은 이 창작집은 단순히 정치적인 현실의 문제가 아닌, 북한에서의 삶 그 자체를 이야기로 풀어 놓은 좋은 사례가 될 수 있을 것이라 기대해 마지 않는다.

장해성, 이지명, 도명학, 김수진, 김정애, 설송아 등 좋은 작품을 선보인 여섯 작가분들께 감사의 말씀을 드린다. 서울대학교 통일평화연구원의 도움이 없었다면 이 작은 작업도 쉽지 않았을 것임을 또한 밝혀 두고자 한다.

2020년 4월 3일